端溪书院历代山长诗选

主编◎陈淑玲　杨　华

湖南大学出版社
·长沙·

图书在版编目（CIP）数据

端溪书院历代山长诗选/陈淑玲，杨华主编. —长沙：湖南大学出版社，2023. 10

ISBN 978-7-5667-3231-6

Ⅰ. ①端…　Ⅱ. ①陈…　②杨…　Ⅲ. ①书院—教育史—肇庆　Ⅳ. ①G649. 299. 653

中国国家版本馆 CIP 数据核字（2023）第 166460 号

端溪书院历代山长诗选

DUANXI SHUYUAN LIDAI SHANZHANG SHIXUAN

主　　编： 陈淑玲　杨　华

责任编辑： 饶红霞

印　　装： 长沙鸿和印务有限公司

开　　本： 710 mm×1000 mm　1/16　**印　　张：** 15. 5　**字　　数：** 203 千字

版　　次： 2023 年 10 月第 1 版　**印　　次：** 2023 年 10 月第 1 次印刷

书　　号： ISBN 978-7-5667-3231-6

定　　价： 58. 00 元

出 版 人： 李文邦

出版发行： 湖南大学出版社

社　　址： 湖南 · 长沙 · 岳麓山　**邮　　编：** 410082

电　　话： 0731-88821006（营销部），88821315（编辑室），88821006（出版部）

传　　真： 0731-88822264（总编室）

网　　址： http：//www. hnupress. com

电子邮箱： 749901404@ qq. com

序

两广端溪书院由广东按察司佥事李材创建于明朝万历元年（1573 年）；清朝康熙四十七年（1708 年），改建为天章书院；乾隆初年，复名端溪书院；清光绪三十一年（1905 年），改为肇庆府中学堂，为现代肇庆中学的正式开端；民国元年（1912 年），改名省立肇庆中学；1949 年 11 月，学校正式定名为广东肇庆中学。从两广端溪书院到肇庆府中学堂再到广东肇庆中学，悠悠岁月，沧桑巨变，但弦歌不辍，薪火相传。

古代书院“育德为先”的教育理念与“传道济民”的教育宗旨，是当代教育首先应该继承的；学养深厚的大儒是决定书院办院理念与高度的重要因素，书院山长、教师，以自身学养和人格魅力影响着每一位学子，这是传统书院最为珍贵的财富。党的十八大报告明确提出，将“立德树人”作为教育的根本任务，党的十九大、二十大也同样将“立德树人”写进报告中。“立德树人”的提出具有里程碑意义，其抓住了教育的本质要求，明确了教育的根本使命，符合教育规律和人才培养规律，进一步丰富了人才培养的深刻内涵，是中国特色社会主义教育的灵魂。传承书院精神，是现代教育应有的责任和胸怀，也是落实立德树人根本任务的有效做法。

一所学校的前世今生，既承载着厚重的历史，又启迪着未来的发展。广东肇庆中学充分挖掘两广端溪书院的历史文化内涵和历任山长丰富的教育思想，研讨山长思想的恒久价值与时代意义，加强书院文化交流，增强文化自信，这是肇庆中学传承中华优秀传统文化最朴实而有意义、最校本化而有实效的做法。

2017 年 1 月 25 日，中共中央办公厅、国务院办公厅联合印发《关于实施中华优秀传统文化传承发展工程的意见》，明确指出："文化是民族的血脉，是人民的精神家园。文化自信是更基本、更深层、更持久的力量。中华文化独一无二的理念、智慧、气度、神韵，增添了中国人民和中华民族内心深处的自信和自豪。"中华优秀传统文化蕴含着丰富的人生哲理与深刻的思想智慧，是滋养个体成长的重要精神源泉，也是引领社会发展的重要智慧宝库。

栉风沐雨，砥砺前行。端溪书院积极进取的德行观，从明朝李材的"止修"到清朝全祖望的"明经行修"，再到山长冯敏昌的"蓄德为先""敦本力行"，山长林召棠的"修身践言，读书经世"，直至如今广东肇庆中学校训"格物致知，崇善尚美"，办学思想"教育，让每个孩子内心充满光芒"，可谓返本开新，一以贯之。

薪火相传，德润泽远。端溪书院历任山长多忠介、耿直之士。以自身学养和人格魅力影响着每一位生徒（学子），这是传统书院最为珍贵的财富。端溪书院的山长史籍可考的有 39 位，大多有诗集传世。山长思想，浓缩在诗行中，启迪智慧，润泽心灵。今年适逢端溪书院创办 450 周年，我们编撰了这本小书，选取了山长们有关咏物壮怀、敦品励志的部分诗作，以进一步了解山长们的思想和人生，激励后学，这也是一种遥远的纪念吧。聚诗行，深悟道，穿越历史，满载一船秋色；怀古今，弘道义，以文化人，平铺十里湖光。是为序！

广东肇庆中学党委书记、校长　陈淑玲

癸卯年初秋于东湖湖畔

目 次

梁鼎芬

朱一新

林绍年

章国录

章国录，字令思，生卒年不详，江西九江府瑞昌人。幼年勤奋好学，仰慕韩愈。康熙五十二年(1713 年)举人，雍正二年(1724 年)进士及第，选入吏部任职，雍正六年至九年(1728—1731)出任广宁知县。雍正九年至十三年(1731—1735)担任吴川知县。乾隆初年担任端溪书院山长。著有《梅韵楼诗稿》。

奉调吴川答宁阳士民[①]

其一

乐饥吾分不须怜，窃禄[②]山城尚赧然[③]。
空赚讴思[④]辜父老，那留税芰[⑤]在桑田。
清风只合飘双袖[⑥]，白水[⑦]何堪缀[⑧]一钱。
拼卖衣装无点累，轻舟任泛海疆边。

注释：

①宁阳：广宁的俗称。雍正九年(1731 年)，章国录奉调担任吴川知县。广宁和吴川都处于粤西地区，在清代分属肇庆府和高州府。

②窃禄：犹言无功受禄。多用于自谦。

③赧然：形容难为情的样子，羞愧的样子。

④讴思：讴歌以表达思念之情。

⑤茇(bá)：草根。

⑥双袖：两袖清风。

⑦白水：泛指清水。

⑧缀(zhuì)：装饰。

其二

何德能当祝颂频，临行姑[①]赠一良言。

山川秀气凭人擅[②]，族里淳风[③]却自尊。

夺锦[④]莫辞磨钝斧，锄金有力遍荒原。

太平富贵无争让，笔舌[⑤]应羞逞[⑥]县门。

注释：

①姑：暂且。

②擅：占据。

③淳风：淳厚朴实的风土人情。

④夺锦：形容竞赛获胜者。明高启《谢赐衣》："被泽徒深厚，惭无夺锦才。"

⑤笔舌：笔墨官司，形容诉讼。

⑥逞：逞强，逞能。

竹枝词[①]

村围数户列柴编，竹壁都凭夜月穿。

残梦更惊山晓入，篱门[②]犹见犬安眠。

注释：

①竹枝词：本为巴渝一带民歌，唐代诗人刘禹锡据以改作新词，歌咏三峡风光和男女恋情，后盛行于世。后人所作竹枝词也多歌咏当地风物或儿女柔情。其形式为七言绝句，语言通俗，音调轻快。

②篱门：竹篱做的门。

无题

沿溪竹箭①却丛生，未许淇园②独擅名。

舟挽上流无径觅，迂回百里倚篙行。

注释：

①竹箭：细竹。

②淇园：古时卫国园林名，产竹。在今河南省淇县西北。

吴延熙

吴延熙，字铭佩，号敬斋，雍正二年(1724年)进士，雍正四年(1726年)翰林院编修，雍正七年(1729年)告假南归。九年(1731年)充福建乡试正考官，后任云南道监察御史，提督云南学政。雍正十年(1732年)在学政任上的吴延熙被云贵总督高其倬举荐："云南学臣吴延熙到任试士以来，办事勤慎，考试廉明。而于教训士子、读书为文之外，尤于立心行事，加意告勉，谆谆不倦。士子为非者，又不袒护，实于边方有益。"乾隆年间担任端溪书院山长。寓居高要两年。

游七星岩[1]

平生旷浪情，颇洽[2]山水趣。有岩凝数点，黯淡烟云互。
朝来北郭墟，同心探幽素[3]。绿水漾新苗，萦纡[4]夹村树。
停云千仞[5]岗，峭壁疑无路。微径缘[6]空隙，巉崖[7]一洞开。
恍如混沌初，凿此精灵胎。旁通类户牖[8]，虚中白皑皑。
石乳下涓滴，石鼓振殷雷[9]。更若覆盘盂，齿牙挂层台。
时闻钟磬鸣，清韵拂尘埃。徐行自东麓，缓步陟[10]高谷。
上有玉清宫，虚窗荫乔木。仰止不可攀，眺望豁心目。

支撑磐石间，窄径窈而复。老去行脚衰，俯视更觳觫⑪。

栖息下层峰，还来叩石钟。一亭面青嶂，四壁静修容。

残碑留往迹，断碣想遗踪。璇台⑫履危石，瑶席⑬傍孤松。

山光荡酒碧，饮兴偕春浓。洞箫吹客座，响彻碧山重。

兹游情未了，落日归林杪⑭。俯仰畅同群，沧海真一眇。

驹影⑮叹浮生，琳宫⑯空缭绕。欲将青冥⑰意，写作云山表。

何处纪归程，残霞与啼鸟。

注释：

①七星岩：位于广东省肇庆市，国家5A级旅游景区。

②洽：动词，深入。

③幽素：幽寂，寂静。唐李商隐《房中曲》："蔷薇泣幽素，翠带花钱小。"

④萦纡(yíng yū)：萦回，盘曲环绕。汉班固《西都赋》："步甬道以萦纡，又杳窱(tiǎo)而不见阳。"

⑤千仞：形容极高或极深。古以八尺为仞。

⑥缘：沿，顺着。

⑦巉(chán)崖：高耸险峻的山崖。

⑧户牖：门窗。

⑨殷雷：商朝祭祀时用的大鼓，因声如雷动，故名殷雷。形容轰鸣的雷声，亦指大雷。

⑩陟(zhì)：本义是从低处走向高处，这里是登高之意。

⑪觳觫(hú sù)：恐惧颤抖的样子。《梁书·王僧孺传》："解网祝禽，下车泣罪，愍兹奊(xié)诟，怜其觳觫。"

⑫璇台：饰以美玉的高台，这里指像美玉一样的高台。晋张协《七命》："云

屏烂汗，琼壁青葱。应门八袭，璇台九重。”

⑬瑶席：指贵重美味的酒宴。唐刘禹锡《酬严给事贺加五品兼简同制水部李郎中》：“雕盘贺喜开瑶席，彩笔题诗出锁闱。”

⑭杪（miǎo）：一般指树枝的细梢。

⑮驹影：日影。

⑯琳宫：仙宫，是道观、殿堂的美称。唐吴筠《游仙二十四首》（其二十）：“上元降玉闼，王母开琳宫。”

⑰青冥：形容极幽远。指仙境；天庭。唐李白《梦游天姥吟留别》：“青冥浩荡不见底，日月照耀金银台。”

粤东杂诗

一

送故迎新献早春，冰肌雪骨洛川神①。

水仙②岂是宜男草，不信金华是后身。

注释：

①洛川神：同洛神。曹植《洛神赋》：“其形也……飘摇兮若流风之回雪。”

②水仙：广州多有金华夫人祠。传说夫人字金华，少为女巫，后溺湖中，数日不坏，有异香浮出，人以“水仙”称之。

二

倏然①江阁养余清②，花燕窥帘翠羽③横。

鹤顶④香浓春寂寂⑤，枝头月落听鹅更⑥。

注释：

①倏然：忽然，形容快速。

②余清：余留的清凉之气。南朝谢瞻《答灵运》："夕霁风气凉，闲房有余清。"

③翠羽：本意为翠绿色的羽毛，比喻青绿色的树叶。

④鹤顶：即鹤顶香，一种香料。《广东通志》记载：鹤顶香，相传古榕之腹，有鸟衔香子堕其中，久之香成，有鹤盘旋，其所精气相感，坚润如脂，焚之香烟翔舞，悉成鹤形。

⑤寂寂：寂静无声的状态。

⑥鹅更：广东从化有灵鹅，每至中夜则鸣。村落都以为候，谓之鹅更，时有馈以生鹅者。

三

仙液[①]罗浮[②]梦不成，酒田何处访云英[③]？

荔枝黑米新醅[④]熟，不及梅花胜雪清。

注释：

①仙液：指美酒。

②罗浮：道教名山罗浮山，相传葛洪在此修炼成仙，在今惠州博罗县。

③云英：古代中国神话中的仙女，此处应是泛指神仙。

④醅（pēi）：没过滤的酒，此处指美酒。

四

迎街花鼓振阗阗[①]，巧作灯船戏采莲。

最是今宵风月好，歌裙舞扇试春鞭[②]。

注释：

①阗阗（tián）：众多、旺盛貌。此处形容声音洪大。

②春鞭：依照鞭春礼仪使用的春鞭、春杖等手工艺品。古代有鞭春习俗，鞭打土牛，象征春耕开始，以示丰兆，策励农耕。

五

蚬妹鱼姑是疍家[①]，铁船竞渡作生涯。

听歌何处宜男草[②]，绿水三篙鼓浪花。

注释：

①疍家：又称艇户，是福建、广东、广西、海南一带，一种以船为家的渔民，世代以打渔为生。他们长期待在船上，不在陆地定居，有独特的民俗文化。

②宜男草：疍户男未娶者置盆草于船艄，女未聘者置盆花于船艄。以致媒妁，婚时以歌相迎。

六

焚膏[①]采得露头鲜，香沁清池落砚田[②]。

最是夜长人不寐[③]，还将睡菜[④]照孤眠[⑤]。

注释：

①焚膏：夜间继续工作或学习。

②砚田：读书人靠笔墨维持生计。因此比砚为田。

③寐：本意是指睡梦、睡着等。

④睡菜：一种乡间野草，有促进睡眠的功效。

⑤孤眠：孤枕难眠，无法入睡。

七

梧柳枝头看风车[①]，云衣仙珮落寒沙。

双飞双就频来去，不似人间春梦赊。

注释：

①风车：罗浮山有大蝴蝶，如蝙蝠，名曰风车。

八

金鸡石背陨花丛，桂蠹禾蟊[①]更逞雄。

岂为南彝征异物，还同赤雅[②]谱鱼虫。

注释：

①禾蟊（máo）：吃苗根的害虫。

②赤雅：明朝邝露撰《赤雅》三卷。邝露，南海人，字谌若，号海雪，生于万历三十二年（1604年），清顺治七年（1650年）清二次攻陷广州时，被害于居所“海雪堂”，时年47岁。《赤雅》一书中记载了先秦至明代以来史书所载南方各族神话、传说、故事以及与南方民族风物相关的中原古籍及名士的诗词、典故、题词、摩崖石刻、引言等，是古代壮瑶等南方民族民间文学之集大成，影响很大。

全祖望

全祖望(1705—1755)，字绍衣，浙江鄞县人。十六岁能为古文。讨论经史，证明掌故。乾隆元年(1736年)荐举博学鸿词，中进士，选翰林院庶吉士，散馆后以知县任用，愤而辞官不仕出，专心著述。全祖望性格耿直，归乡时贫且病无以自给，但不受他人馈赠。一生主要在外讲学，为士人所敬重。乾隆二十年(1755年)，病逝于家乡，年五十有一。全祖望学识渊博，阮元尝谓“经学、史才、词科三者得一足传，而祖望兼之”。乾隆十七年(1752年)受广东巡抚苏昌之邀出任端溪书院山长一职，不到一年因病返回。

东粤制抚以天章精舍山长相邀，辞谢不得，齿发日衰，乃为五千里之行，非予志也①

忽忽暮春日，茫茫五峤②行。庭前书带草③，远别最关情。

此去特谋食，投荒④作远游。解嘲姑谩语⑤，好为访罗浮⑥。

衰病畏行役，屏营⑦足不前。杭生⑧真迈往，先我已扬鞭。

注释：

①东粤制抚：指广东巡抚苏昌。苏昌(？—1768)，满洲正蓝旗人，满丕

孙。乾隆十四年(1749年)，擢任广东巡抚。乾隆十七年(1752年)苏昌邀请全祖望出任端溪书院山长，时全祖望已经48岁，且体弱多病。天章精舍：万历元年(1573年)李材创建端溪书院，康熙四十七年(1708年)两广总督赵宏灿复建书院，名天章书院，天章精舍为俗称，全祖望出任山长时端溪书院还未复名。

②五峤：指五岭，即大庾岭、骑田岭、都庞岭、萌渚岭、越城岭。此处代指广东。

③书带草：草名。相传汉郑玄门下取以束书，故名。

④投荒：泛指贬谪、流放至荒远之地。全祖望这一年远赴岭南实为生计所迫，岭南在过去多为贬谪之地，故有此感慨。唐独孤及《为明州独孤使君祭员郎中文》："公负谴投荒，予亦左衽异域。"

⑤谩语：指谎话。全祖望此番前往岭南众多弟子多有劝阻，他自己也不是特别情愿，但家贫无奈只能前往。结合下一句理解"谩语"，即自我安慰。

⑥罗浮：即罗浮山，为岭南风景名胜之地，道教名山。相传晋葛洪曾在此修道，道教称为"第七洞天"。

⑦屏(bīng)营：谦词，惶恐之意。唐白居易《答桐花》："无人解赏爱，有客独屏营。"

⑧杭生：指杭世骏，全祖望好友。杭世骏(1695—1773)，清代经学家、史学家、文学家、藏书家。字大宗，号堇浦，浙江仁和人。雍正二年(1724年)举人，乾隆元年(1736年)举鸿博，授编修，官御史。卸职后以奉养老母和攻读著述为事。晚年主讲广东粤秀和江苏扬州两书院。著有《道古堂集》《榕桂堂集》等。

天章精舍释奠礼[①]成示诸生

魁儒[②]畴昔[③]降神时，紫水黄云[④]天命之。
世远[⑤]山川长寂寂[⑥]，投壶[⑦]谁唱代兴诗。
瑰奇[⑧]多学数琼台[⑨]，底事三原忽见猜[⑩]。
力毁石翁[⑪]尤可诧，瓣香[⑫]姑舍[⑬]莫相推。
泰泉[⑭]高弟称卢子[⑮]，尚有遗书历劫存。
怪杀图经遂灭没，我来重为荐芳荪[⑯]。
清澜雅自居朱学[⑰]，学蔀成编世所传。
此是当年执政意，真儒定论岂其然。
由来报本[⑱]重先河，此席功应首见罗[⑲]。
曾以讲堂争去就，萧寥香火竟如何。

注释：

①释奠礼：古代学校和文庙祭祀至圣先师的一种儒家礼仪活动。释、奠均为陈设、呈献之意，指的是在祭典中，展示音乐、舞蹈，以及呈献牲酒、果、蔬等祭品，以表对孔子的尊崇。全祖望抵达书院，上任伊始即行祭祀先师孔子之礼，并且厘清书院历史，确定配享先师大儒名单，明确办学宗旨和为学旨规。

②魁儒：指大儒，大学问家。

③畴昔：指往昔、以前。《礼记·檀弓》：“予畴昔之夜，梦坐奠于两楹之间。”

④紫水黄云：黄云樵笛和紫水渔舟是古代新会八景中的两个，今均已不存在，简称紫水黄云。此处代指出生新会的心学大师陈献章。

⑤世远：年代久远。

⑥寂寂：寂静无声，默默无闻。

⑦投壶：投壶源自射礼，既是一种礼仪，又是一种游戏。古代士大夫举办宴会活动时常以此助兴。此处代指儒学。

⑧瑰奇：亦称奇瑰，奇特，泛指奇才。

⑨琼台：丘濬(1421—1495)，字仲深，号深庵、琼山，别号琼台。明朝内阁大学士，思想家、经济学家。明正统九年(1444 年)，乡试中第一名举人。景泰五年(1454 年)，殿试中二甲第一名进士，被选入翰林院。成化十六年(1480 年)，升为礼部侍郎。丘濬博览研索经传子史百家之文章，撰成《大学衍义补》160 卷。深得孝宗嘉许，命以刊行。海南历史上四大才子之一。

⑩此诗句出自丘濬与王恕的一段公案。丘濬深得明孝宗赏识得以入阁，与另外一位阁臣三朝元老王恕发生矛盾。王恕是陕西三原人，诗中用“三原”以借代。王恕担任阁臣并长期执掌吏部，选拔了大批官吏。丘濬不是由王恕提拔并在很多问题上与之意见相左，引起王恕的不快。王恕的门生故吏不断造谣诋毁丘濬，丘濬对这些流言一概不予置辩。

⑪石翁：陈献章别号。

⑫瓣香：香之形状似瓜瓣，故称瓣香。指敬仰、崇敬之意。

⑬姑舍：暂且放下。

⑭泰泉：指黄佐，明代广东香山县人，字才伯，号希斋，晚号泰泉，称泰泉先生，是岭南著名学者。

⑮卢子：即卢宁忠，字献甫，号冠岩，岭南人也。受学于黄泰泉。

⑯芳荪(sūn)：一种香草。

⑰朱学：朱子之学，南宋朱熹成为理学的集大成者，建立起完整的理学体系。朱学就是指朱熹的学说及其学派。

⑱报本：报，报答；本，根源。语出《礼记·郊特牲》："唯社，丘乘共粢盛，所以报本反始也。"指不忘回报之意。

⑲见罗：端溪书院的创始人李材，江西丰城人，号见罗，在岭西道任上创建书院。

游海珠寺①

落落三浮石②，相望鼎峙尊。由来分地肺，何处溯云根③。
日护朝台影，潮喧估客樽。寺前古榕树，消暑足昕昏④。
菊坡⑤不可见，愿得见文溪⑥。又复五百载，吾将谁与齐。
孙枝⑦遍岭峤，栗主傍招提⑧。尚有残编在，寒芒映彩霓。
闻道炎兴日⑨，军烽斗此间。欃枪驖⑩佛火⑪，矢石躏禅关⑫。
小鸟难填海，愚公浪徙山。三忠⑬当胜国，亦复踵殷顽⑭。

注释：

①海珠寺：珠江河面上有一块巨大的红色砂岩礁石，称为海珠石。南汉时在其上建慈度寺，后改名海珠寺。宋代李昴英读书其上，出仕后捐资重建。明清以来是广州游览胜地之一，成为文人雅士、往来官员的唱酬之所。《南海百咏续编》记载："在珠江之中，怒涛四撼，突起仙洲，瑶房嘉树，恍若蓬壶……"

②三浮石：指灵洲、海珠、浮丘三石，位于古珠江岸边。

③云根：本指深山云起之处，后代称为云游僧道歇脚之处。

④昕昏：也指昏昕，泛指时日、时光。唐权德舆《伏蒙十六叔寄示喜庆感怀》："侍坐驰梦寐，结怀积昏昕。"

⑤菊坡：南宋名臣、诗人崔与之，字正子，号菊坡。今广东增城人。曾在增城凤凰山隐居，种菊读书，创建菊坡书院，固有此称号。

⑥文溪：李昂英，字俊明，号文溪，在菊坡书院读书，后科举得中探花。

⑦孙枝：本意是指从树干上长出的新枝。寓意岭南为学风气兴盛。

⑧栗主：宗庙神主牌位。招提：寺院的别称。

⑨炎兴：南宋端宗赵昰年号景炎，末帝赵昺改元祥兴。“炎兴日”指的就是南宋末年二帝在位时期与元军在岭南鏖战败北溃逃的事情。

⑩欃(chán)枪：彗星的别名。古人认为彗星是凶星，主不吉。喻邪恶势力。駴(hài)：同“骇”，惊吓。

⑪佛火：指供佛的油灯香烛之火。

⑫禅关：禅门，佛寺。

⑬三忠：文天祥、陆秀夫和张世杰。

⑭殷顽：殷商遗民。

谒包孝肃祠[1]

诵公郡斋句，要言在清心[2]。方寸[3]苟不染，百感何能侵。

去公七百年，甘棠[4]尚成阴。端人指七井，流泽洌以深。

迢迢望崧台，星斗共降临。此是公廉泉，足以溯芳襟[5]。

岂徒可用汲，饮之止慆[6]淫。春猿与秋鹤，神爽常森森。

只应怜来者，殊难嗣德音。我诗叶[7]神弦，雅歌奏瑶琴。

注释：

①包孝肃祠：即包公祠。包拯字希仁，今安徽合肥人，北宋名臣。铁面无私、不附权贵、敢于替百姓申不平，故有“包青天”之名。谥号“孝肃”，后世称其为“包孝肃”。庆历元年(1041年)，包拯调任端州，在任内整肃吏治，造福百姓，深受百姓爱戴。肇庆城内建有多处包公祠，以此纪念。

②包拯任端州知州，曾作诗一首《书端州郡斋壁》："清心为治本，直道是身谋。秀干终成栋，精钢不作钩。仓充鼠雀喜，草尽兔狐愁。史册有遗训，毋贻来者羞。"

③方寸：人的心神。

④甘棠：指代称颂循吏的美政和遗爱。《史记·燕召公世家》："周武王之灭纣，封召公于北燕……召公巡行乡邑，有棠树，决狱政事其下，自侯伯至庶人各得其所，无失职者。召公卒，而民人思召公之政，怀棠树不敢伐，歌咏之，作《甘棠》之诗。"因此而得名。

⑤芳襟：宽广的胸怀。明邵潜《寄陈仲醇徵君》："安得披芳襟，慰此长饥渴。"

⑥慆(tāo)：贪念。

⑦叶(xié)：和洽，声音的和谐。

九日诸生请予登高于定山①，予病未能也，梁新、谢天、申黄文，各有长句一首，予亦同赋

秋来憔悴倦题糕②，诸子行吟兴各豪。

五岭炎风宜落帽，八能③清韵④在登高。

东篱何处寻黄菊⑤，左手相看握巨螯⑥。

我亦掞天阁⑦上望，七星岚翠自周遭⑧。

注释：

①定山：七星岩的旧称。南北朝《南越志》记载"高要县有石室"，名为嵩台山。唐初《隋书·地理志》称之为定山。唐《元和郡县志》称之为石室山。宋王象之《舆地纪胜》称之为星岩、七星岩。

②题糕：源自典故“刘郎题糕”，据说刘禹锡与友人聚会作诗时，想选用“糕”字，但是察觉四书五经上没有这个字，于是直接放弃不用了。宋祁《九日食糕》有咏云：“飙馆轻霜拂曙袍，糗餈花饮斗分曹。刘郎不敢题糕字，虚负诗中一世豪。”后来以“题糕”作为重阳题诗的典故。

③八能：指能调和阴阳律历五音等。出自《后汉书·仪礼志》：“使八能之士八人，或吹黄钟之律间竽；或撞黄钟之钟；或度晷景。”

④清韵：清雅和谐的声音。此处喻指诸生所作的优美的诗文。

⑤东晋陶渊明有诗云：“采菊东篱下，悠然见南山。”全祖望用“东篱何处寻黄菊”表达自己羡慕陶渊明的归隐和人生态度。

⑥巨螯：一种螃蟹。唐朝诗人李颀《赠张旭》：“左手持蟹螯，右手执丹经。”形容人的豁达。

⑦揆天阁：端溪书院内一处阁楼。主要用于存放皇帝赏赐历任总督的墨宝书翰等。登阁可以望见城北的七星岩。

⑧周遭：周围，四周。

示诸生①

辛苦诸都讲②，朝朝问起居。稽疑频筮③易，侍药罢观书。

共学情原挚，当归恨有余。服勤④真古谊⑤，惆怅别征车⑥。

自我开堂⑦后，相依未一年。所怀多不尽，有待或徐宣。

遂尔匆匆去，谁将耿耿传。诸君能自得，定不借言诠⑧。

雅怜维系⑨意，决去定非情。其奈多忧患，难为久合并。

相孚⑩在意气，不隔有神明。他日学成后，扁舟慰老生。

注释：

①诸生：即端溪书院弟子。全祖望来端溪书院不到一年，无奈身体多病决意

北归。弟子们殷勤照顾百般不舍其离去。

②都讲：古代书院中协助讲经的教学辅助人员或弟子。

③筮(shì)：古代用蓍草占卦，龟为卜，策为筮，合称卜筮。

④服勤：服持职事勤劳。《礼记·檀弓上》："事亲有隐而无犯，左右就养无方，服勤至死，致丧三年。"孔颖达疏："言服勤者，谓服持勤苦劳辱之事。"全祖望身体羸弱，弟子们照顾周到。

⑤古谊：古人立身做事的礼数，这里指弟子们的行为符合古礼。

⑥征车：即将远行乘坐的车子。

⑦开堂：本为佛教用语，指开坛说法。这里代指全祖望担任山长开始执教。

⑧言诠：以言语解说。全祖望在教育上主张学贵自得，故有"定不借言诠"句。

⑨维系：挂念。

⑩相孚：为人信服。清梅曾亮《原任予告大学士戴公墓碑》："而公以耆年长德，不急功近名，合道于仁厚清静，相孚之德，固如是也。"

病甚，偶然口授侍者①

春来蕉萃②木兰花，槁尽三冬③金粟芽。

即此便同官舍鹏④，先期早为报长沙⑤。

谁言献岁⑥已兼旬⑦，不见南中草木春。

天亦与吾共萧瑟，蛮风蜑雨⑧几酸辛。

注释：

①全祖望主讲端溪书院期间身体一直不好。写成此诗时曾有记录："予窗前有木兰花一树，甚爱之，新岁将放花，忽槁。"久病之中的全祖望有鉴于此，心情

更加低落，返回家乡的心更加坚定。

②蕉萃：同“憔悴”。

③三冬：整个冬天。

④官舍鹏(fú)：鹏是一种类似猫头鹰的鸟，旧传为不祥之鸟。汉贾谊《鹏鸟赋》序：“谊为长沙王傅，三年，有鹏鸟飞入谊舍。”贾谊被贬谪长沙，有志难酬。长沙的气候也让贾谊很不适应，这种情况下贾谊觉得自己命不久矣，于是写下一篇《鹏鸟赋》来明志。此时的全祖望把自己比之贾谊，木兰花的枯槁也被他认为是不祥之兆。

⑤长沙：代指贾谊。贾谊在长沙做长沙王太傅。

⑥献岁：进入新的一年。

⑦兼旬：二十天。

⑧蜑(dàn)雨：南方海上的暴雨。

游宝月台①

乔木苍然古，犹疑孝肃②遗。

遥青③接圆屋，新绿满清池。

天旷定无暑，地偏足自怡。

老夫舆疾过，聊以慰支离④。

注释：

①宝月台：肇庆的一处名胜。相传原名补月台，由人力运土夯筑而成。文人雅士聚会之所。根据康熙《肇庆府志》记载：“县北百步为宝月台。平地突起，望之如台。”北宋年间包拯在此创建星岩书院。书院内挖了一个池塘，种上荷花，叫作“宝月荷塘”，在荷塘边上，建有二亭，一个“观鱼亭”，一个“望月亭”。在这

里，临碧沼可观鱼，坐石墩可望月。明万历三十六年(1608年)，肇庆知府张一栋，建观音庵、大和阁。嘉庆十年(1805年)肇庆巡道窦国华在星岩书院旧址开辟五峰园，增添溯洄、半舫室、晚香榭、退思台等亭台楼阁。道光十年(1830年)知府夏森圃新建水台，名曰“观荷”。

②孝肃：北宋名臣包拯谥号孝肃。

③遥青：远处的青山。孟郊《生生亭》：“置亭嵽(dì)嵲(niè)头，开窗纳遥青。遥青新画出，三十六扇屏。”

④支离：瘦弱，衰弱。

登阅江楼[1]

端州城市里，逼侧[2]不成欢。
突兀楼台起，苍茫眼界宽。
江天落襟袖[3]，烟雨幻林峦。
尚有大函碣[4]，摩挲[5]藓石看。

注释：

①阅江楼：位于城东的石头岗上，原来建有石头庵。明宣德年间改建为崧台书院。崇祯十四年(1641年)命名阅江楼，南明永历帝曾亲临阅江楼检阅抗清水师。在清代，阅江楼是文人墨客云集吟咏之所，著名诗人朱彝尊、陈恭尹、翁方纲等均对此有题咏。

②逼侧：迫近；拥挤。《后汉书·廉范传》：“成都民物丰盛，邑宇逼侧，旧制禁民夜作，以防火灾。”

③襟袖：衣襟衣袖。

④碣：圆形的石碑。

⑤摩挲：用手抚摩。

七星岩[1]

天帝当年启大樽[2]，七星罗列似儿孙。
洞门尚有歌钟在，石室将无秘箓存。
自昔湖山烟水阔，于今阡陌草莱[3]焚。
何当反复谣黄鹄，用泻漓江春涨痕。
白日伊谁巧琢成，离奇变幻有神明。
乳泉[4]上接天浆落，斗枋[5]遥疑石笋擎。
山鬼[6]空中惊爆竹，诗人傍午[7]作题名。
老夫蹇足[8]徒惆怅，病后探幽不胜情。

注释：

①七星岩：肇庆市著名景点。由五湖、六岗、七岩、八洞组成，湖中有山，山中有洞，洞中有河，景在城中不见城，美如人间仙境。因七座石灰岩岩峰排列如北斗七星而得名。被誉为“人间仙境”“岭南第一奇观”。

②樽：古代盛酒的器具。

③草莱：指杂草。

④乳泉：钟乳石上的滴水。

⑤斗枋(fāng)：用在檐柱柱头之间，形如抬梁构架中的阑额。

⑥山鬼：山中鬼魅。

⑦傍午：临近中午。

⑧蹇足：跛足。这里指行走困难，因全祖望多病、身体羸弱所致。

肇庆访故宫[1]

当年草草搆[2]荒朝，五虎[3]犹然斗口[4]嚣。

一夜桂花[5]零落尽，沙虫猿鹤[6]总魂消。

辛苦何来笑澹翁[7]，遍行堂集[8]玷宗风[9]。

丹霞精舍[10]成年谱，又在平南珠履中。

注释：

①故宫：清兵入关后，明朝残余势力继续进行抗清斗争，朱由榔在肇庆称帝，改元永历，确定丽谯楼为行宫，名永明宫，与端溪书院为邻。因是前明宫殿所以称故宫。

②搆(gòu)：同“构”，组建。

③五虎：指南明桂王时与锦衣指挥使李元胤结党揽权的五个官员。《明史·严起桓传》：“时朝政决于成栋子元胤，都御史袁彭年，少詹事刘湘客，给事中丁时魁、金堡、蒙正发五人附之，揽权植党，人目为五虎。”

④斗口：斗嘴。喻争权夺利，结党揽权。

⑤桂花：隐射南明桂王，即永历皇帝朱由榔。

⑥沙虫猿鹤：《艺文类聚》卷九十引晋葛洪《抱朴子》：“周穆王南征，一军尽化，君子为猿为鹤，小人为虫为沙。”周穆王南征损兵折将，大败而回。后以猿鹤沙虫指阵亡的将士或死于战乱的人民。

⑦澹翁：指澹归和尚(1614—1680)，俗姓金，名堡，字道隐。浙江仁和人。明崇祯进士，任知州。清兵入关后，先后追随隆武帝、永历帝，辗转多地，后皈依佛门。康熙元年(1662 年)，在丹霞山开辟道场，建佛堂精舍。康熙十九年(1680 年)圆寂。

⑧遍行堂集：澹归和尚所著的文集。

⑨宗风：指儒家学派的思想和基本义理。乾隆四十一年(1776 年)，南韶连兵备道李璜偶以公事过丹霞别传寺，见寺中有橱，封锁甚固，强行启橱，发现所藏澹归诗文集，内有谤毁清廷之语，遂上奏清廷。清廷下令毁澹归骨塔及碑志，其遗著、墨迹全部销毁，地方志中所刊澹归诗文尽行铲削，参与刻书及作序之人亦受惩治，别传寺改作十方常住，澹归支派僧人全部被逐。全祖望文中"玷宗风"所指意在称赞澹归和尚的文集。

⑩丹霞精舍：指澹归和尚创建的别传寺。

送耜堂[1]掌教新会

沂水春风[2]自在天，白沙[3]密授更谁传。
张林湛李[4]都零落，木铎[5]消沉三百年。
年来绝学已榛芜[6]，大雅[7]危轮好共扶。
目送君舟自匡返，端溪[8]凉月夜床孤。
木兰花下共论文，曾为诸生讨论殷。
此去正逢冬日好，霜橙露菊荐黄云。
越公墓[9]下信公祠[10]，填海遗编试问之。
凄绝鹧鸪清夜[11]泪，一樽为我酹[12]南枝[13]。
江东粤秀讲堂开，定有雄文足起衰。
不道[14]一时齐度岭，浙宗和会广宗来。
蓬莱香吏[15]正鸣琴[16]，主客遭逢定赏心。
倘有唱酬成别集，老夫乘兴便相寻。

注释：

①耜(sì)堂：张甄陶(1713—1780)，字希周，又字惕菴，号耜堂。闽县人。

博学多闻，清代著名学者。师从方苞。乾隆九年(1744 年)中举。十年(1745 年)成进士。选翰林院庶吉士。后补广东鹤山、香山、新会、高要、揭阳等地知县。全祖望与张甄陶交好，两人多有诗文唱酬。

②沂水春风：沂水是山东曲阜县境内的一条河。儒家创始人孔子出生于此。春风是春天和暖的风。沂水春风比喻深受孔学的影响与熏陶。

③白沙：陈献章(1428—1500)，字公甫，号石斋，广东新会人，后迁江门的白沙村，故世人多称之为陈白沙。初受学于吴与弼。主张"学贵知疑""独立思考"，提倡较为自由开放的学风，逐渐形成一个有自己特点的学派，史称"江门学派"，他的著作后被汇编为《白沙子全集》。陈献章是岭南最负盛名的理学家和诗人之一，为广东唯一入祀孔庙的大儒。

④张林湛李：陈宪章江门学派四大弟子的简称。分别是：张翊、林光、湛若水和李承箕。

⑤木铎：以木为舌的大铃，铜质。古代宣布政教法令时，巡行振铃以引起众人注意。此处的意思是宣扬儒家思想的人，包括书院的掌教或者主管教育的官员等。

⑥榛芜：杂草丛生，比喻荒凉没落。

⑦大雅：《诗经》组成部分之一，共三十一篇。此处代指儒家学术。

⑧端溪："端溪"之说有多种，一指高要烂柯山下的一条小溪，一指今德庆县境内的端溪水。此处指西江。

⑨越公墓：越公指越国公张世杰。

⑩信公祠：信公指信国公文天祥。

⑪清夜：清静的夜晚。

⑫酹(lèi)：把酒浇在地上，表示祭奠。

⑬南枝：指故土、故国。《古诗十九首·行行重行行》："胡马依北风，越鸟巢南枝。"

⑭不道：犹言不思量。此处为自我谦称。

⑮香吏：校书郎的别称，张甄陶曾任翰林院编修，故有此称。

⑯鸣琴：指以礼乐教化人民，达到"政简刑清"的统治效果。这是张甄陶赴任新会，全祖望对好友的一种期待。

何梦瑶

何梦瑶(1693—1764)，字报之，号西池，广东南海人，清代广东名医。雍正八年(1730年)进士，历任知县、知州等地方官职。清乾隆十五年(1750年)，何梦瑶因故辞官返回广东，先后主讲粤秀书院、端溪书院和越华书院。何梦瑶对医术深有研究，曾言：医虽小道，亦道矣。著有《医碥》《伤寒论近言》《幼科良方》《妇科良方》《医方全书》等。乾隆二十九年(1764年)，何梦瑶病逝，享年七十二岁。

游鼎湖山[1]庆云寺[2]

清晨御竹篌[3]，十里凌莽苍[4]。露叶泫[5]茅菅[6]，风漪猎菰蒋[7]。
之折疑旧蹊[8]，通蔽讶非想。误忆半山亭，环流立高厂。
讵[9]谓当石径，位置未或爽。始悟境造心，徇妄构虚象。
临溪得隐籁[10]，据石涤尘想。藤边蹑飞猱[11]，树杪出宝网[12]。
廿载一再觌[13]，心目两惝恍[14]。迹磬[15]穿云房[16]，披烟历岫幌[17]。
古德[18]缅栖壑[19]，巨武[20]见遗俩。岁浸阔檀施[21]，粥鼓[22]晚乃响。
老僧乞食归，烧笋能一饷。风幡影屡移，落日悬仙掌[23]。
回光透疏松，清籁发修荡[24]。卧念水岩胜，起掉林下鞅[25]。

低瞩眼一明，红豆杂苏樘[26]。同游忽告痛，灵区[27]堕渺茫。

颇愧康乐公[28]，乘兴每孤往。肩舆[29]谢门生，河千理双桨。

鸥波[30]可乐饥，归作五湖长[31]。

注释：

①鼎湖山：位于广东省肇庆市区东北18公里，岭南四大名山之一。

②庆云寺：位于广东省肇庆市鼎湖山的天溪山谷中，始建于明崇祯九年(1636年)，四周峰峦环抱，如瓣瓣莲花，被冠上“莲花窝”的美称。岭南四大名刹之一，素有“禅、净、律三宗俱善”之盛名，寺里香火历久不衰。

③竹篌：竹埙，古代乐器。

④莽苍：辽阔遥远而望不到边，此处指鼎湖山。

⑤泫：露珠晶莹的样子。

⑥茅菅(máo jiān)：亦作“茆菅”，茅、菅二草，形相似，多并用以指杂草。亦喻微细。

⑦菰蒋(gū jiǎng)：菰，茭白。蒋，古书上记载的一种菰类植物。

⑧蹊(xī)：小路。

⑨讵(jù)：难道。

⑩籁(lài)：从孔穴中发出的声音。亦泛指一般的声响。

⑪猱(náo)：古书上记载的一种猴。

⑫宝网：谓珍宝结成之罗网。帝释宫之罗网，称为帝网，亦称因陀罗网。《无量寿经》：“珍妙宝网，罗覆其上。”此外，禅林中有宝网漫空一语，谓帝释之宝网布满虚空，乃比喻佛法广大，无处不至。

⑬觌(dí)：见，相见。

⑭惝恍(chǎng huǎng)：形容时间过得很快，恍若隔世。

⑮磬：磬是中国历史上最古老的石制打击乐器和礼器。

⑯云房：僧道或隐者所居住的房屋。

⑰岫幌(xiù huǎng)：山洞居室的窗户。引申山林隐居之地。

⑱古德：尚古之德；此处指年高德硕者。

⑲栖壑：栖壑(1586—1658)，俗姓柯，法名道丘，法字离际，晚号栖壑，广东顺德人。

⑳巨武：本名巨虎，因避唐讳而改，十六国前秦将领。

㉑檀施：布施；施主。

㉒粥鼓：僧寺集众食粥时击鼓。

㉓仙掌：汉武帝为求仙，在建章宫神明台上造铜仙人，舒掌捧铜盘玉杯，以承接天上的仙露，后称承露金人为仙掌。

㉔修荡：学习宣扬。

㉕鞅(yāng)：古代用牛马拉车时套在牛马脖子上的皮带。

㉖樘(táng)：门框或窗框。

㉗灵区：美善之区，奇美之地。

㉘康乐公：谢灵运(385—433)，名公义，字灵运。陈郡阳夏人，东晋至刘宋时期大臣、旅行家，山水诗派鼻祖，秘书郎谢瑍之子，母为王羲之的外孙女刘氏。

㉙肩舆(yú)：古代的一种轿子，不设帷幔。

㉚鸥波：鸥鸟生活的水面，比喻悠闲自在的退隐生活。

㉛五湖长：谓官卑。

石室岩[①]

鬼斧[②]何年辟邃元[③]，微尘世界亦三千。
离为大腹形真肖，穴可乘车理或然。
石鼓沉沉[④]公在鏊，星榆[⑤]历历井窥天。
容君百辈[⑥]知何等，识面惟应有昔贤。

注释：

①石室岩：肇庆七星岩中的一个岩，上有历代摩崖石刻。

②鬼斧：喻指超人的力量。

③邃元：根源，根本。

④沉沉：深邃的样子。

⑤星榆：形容繁星。

⑥百辈：上百位。

登天章阁有怀杭山长[①]

开豁[②]真宜境界宽，不堪[③]销口值春残。
心同谷鸟[④]长求友，身似池蛙半属官[⑤]。
双峡殷雷[⑥]虚阁动，孤帆斜日暮江寒。
鼎湖山色当窗堕，那得邀君拄颊[⑦]看。

注释：

①杭山长：杭世骏，曾任粤秀书院山长，前文已有注释。在粤期间与何梦瑶多有交往。

②开豁：指宽阔、爽朗；思想和胸怀开阔。

③不堪：指承受不了，不能，不可。

④谷鸟：山谷中的鸟。

⑤属官：意为身在官场。

⑥殷雷：轰鸣的雷声。亦指大雷。

⑦拄颊：以手支颊，有所思貌或悠然自得貌。

阅江楼

峡势重关东，江流匹练[①]通。

千山玄豹[②]雾，九月鲤鱼风[③]。

市舶樯帆乱，谯门[④]鼓角[⑤]雄。

不知明月夜，清啸与谁同。

注释：

①匹练：一匹白绢。这里形容江水如白练。陈造《江湖长翁诗钞·县西》："坡头嘉树千幢立，烟际长江匹练横。"

②玄豹：汉刘向《列女传·陶答子妻》："南山有玄豹，雾雨七日而不下食者，何也欲以泽其毛而成文章也，故藏而远害。"后喻怀才畏忌而隐居的人。

③鲤鱼风：九月风。唐李贺《江楼曲》："楼前流水江陵道，鲤鱼风起芙蓉老。"

④谯门：建有望楼的城门。

⑤鼓角：战鼓和号角，军中用以传号令壮军势。唐杜甫《阁夜》："五更鼓角声悲壮，三峡星河影动摇。"

秋思

独抱秋心[①]入夜长，相思人在水云乡[②]。

残灯[③]欲尽潇潇[④]雨，折苇[⑤]微闻簌簌[⑥]霜。

梦去只如云出岫⑦，魂来恰似月烘墙。

明朝何处寻痕迹，鼠篆⑧凝尘自满床。

注释：

①秋心：秋日的思绪。多指因秋天到来所引起的悲愁心情。

②水云乡：水云弥漫、风景清幽的地方。多指隐者游居之地。宋苏轼《南歌子·别润守许仲途》：“一时分散水云乡，惟有落花芳草断人肠。”

③残灯：灯芯将尽，即将熄灭的灯。唐白居易《秋房夜》：“水窗席冷未能卧，挑尽残灯秋夜长。”

④潇潇：小雨貌。

⑤折苇：弯弯的芦苇。

⑥簌簌：象声词，风吹过发出的声音。

⑦云出岫：出岫出自陶渊明《归去来兮辞》，原句是：“云无心以出岫，鸟倦飞而知还。”成语“轻云出岫”，意思是：一朵薄云从山峰飘荡出来。

⑧鼠篆：老鼠脚印似篆书，故云。黄庭坚《戏赠陈季张》：“书案鼠篆尘，衔蔬满床头。”

秋夜读书有感

金风①吹梦出书帷②，寂历③空山霜叶飞。

下榻耳闻三鼓④尽，上楼身护一灯微。

何能字句争鱼鲁⑤，不道文章起是非。

唤杀纸中人不醒，半帘秋色独依依。

注释：

①金风：秋风。秦观《鹊桥仙·纤云弄巧》：“纤云弄巧，飞星传恨，银汉迢

迢暗度。金风玉露一相逢，便胜却人间无数。”

②书帷：书斋的帷帐，借指书斋。宋柳永《佳人醉》：“正月华如水……冷浸书帷梦断，却披衣重起。”

③寂历：寂静。南朝梁江淹《灯赋》：“涓连冬心，寂历冬暮。”

④三鼓：三更。北齐颜之推《颜氏家训·书证》：“汉魏以来，谓为甲夜、乙夜、丙夜、丁夜、戊夜，又云鼓，一鼓、二鼓、三鼓、四鼓、五鼓，亦云一更、二更、三更、四更、五更，皆以五为节。”

⑤鱼鲁：谓文字因形近而传写、刊刻的讹误。《吕氏春秋·察传》载有“己亥”误作“三豕”的故事。晋葛洪《抱朴子·遐览》：“书字人知之，犹尚写之多误。故谚曰：‘书三写，鱼成鲁，虚成虎’，此之谓也。”后以“豕亥鱼鲁”谓书籍传写或刊印中的文字错误。

壬子秋闱[1]和范太史[2]

粤西棘院[3]独雄峙[4]，相传旧是藩王邸[5]。
仙李蟠根[6]白玉堂[7]，倚兰[8]秀茁黄金戺[9]。
千年磐石莫苞桑[10]，一夜煤山[11]泣懈棠。
押客[12]不闻来结绮[13]，词人空自赋灵光[14]。
兴朝赐与元勋第，娘子军装来小队。
山君梦断月牙寒，海燕春归玳梁[15]废。
威权富贵难久长，王府翻为校士[16]场。
玉炉[17]仙从朱衣引，晶莹水镜悬高堂。
惭予叨侍鸳仪帐，昔年辛苦何曾忘。
院后一峰名独秀[18]，登临忆在深秋后。

古今俯仰总成尘，惟有青山尚如旧。

今来不觉又经年，依稀葵麦晚风前。

却笑求珠资象罔，摩掌老眼战场边。

注释：

①壬子：清雍正十年(1732年)。秋闱：指乡试。因考期在秋季，所以乡试又称“秋闱”。会试于乡试后的第二年春天在礼部举行，称“礼闱”或“春闱”。

②范太史：范咸(1696—1771)，字贞吉，号九池，浙江仁和人。雍正元年(1723年)四月乡试中举；九月，会试及第；十一月，殿试后选为庶吉士。因此称一岁之中，以诸生遂跻侍从。雍正三年(1725年)，庶吉士散馆授翰林院检讨一职，雍正十年(1732年)督山西学政，同年出任广西乡试主考官，所拔皆英俊之士。乾隆十年(1745年)擢巡视台湾监察御史兼理学政，在任两年罢职。乾隆十六年(1751年)皇帝南巡，范咸迎驾得以复职，旋即致仕。后担任粤秀、端溪书院山长。

③棘院：即贡院，科举时代的试院。古代试士，用棘围试院，以防止舞弊，故称。《旧五代史·周书·和凝传》：“贡院旧例，放榜之日，设棘于门及闭院门，以防下第不逞者。”清赵翼《分校杂咏·封门》：“关锁中分棘院深，外帘信息总沉沉。”粤西棘院即广西贡院。

④雄峙：昂然屹立的样子。

⑤藩王邸：原明朝靖江王府。

⑥仙李蟠根：《太平广记》卷一引晋葛洪《神仙传·老子》：“老子之母，适至李树下而生老子，生而能言，指李树曰以此为我姓。”李唐统治者自言为老子之后，后因以李姓宗族昌盛为“仙李蟠根”。

⑦白玉堂：神仙所居。亦喻指富贵人家的邸宅。一说指翰林院。

⑧倚兰：汉殿名。汉武帝生于此殿。

⑨戺(shì)：台阶两旁所砌的斜石。亦指台阶。《文选·张衡西京赋》："金戺玉阶，彤庭辉辉。"

⑩苞桑：《易》"其亡其亡，系于苞桑"。孔颖达疏"若能其亡其亡，以自戒慎，则有系于苞桑之固，无倾危也"。后因用"苞桑"指帝王能经常思危而不自安，国家就能巩固。一说比喻牢固的根基，根深蒂固。

⑪煤山：山名，在北京市景山公园内。明崇祯帝上吊此处。

⑫押客：陪伴权贵游乐的人。

⑬结绮：阁名，即结绮阁。南朝陈后主至德二年(584 年)，起临春、结绮、望仙三阁，阁高数丈，并数十间，窗牖、壁带之类皆以沉香木或檀木为之，饰以金玉，间以珠翠，其服玩之属，瑰奇珍丽，穷极奢华。后主自居临春阁，张贵妃居结绮阁，龚、孔二贵嫔居望仙阁，并复道交相往来。

⑭灵光：汉代鲁灵光殿的简称。东汉王延寿曾撰《鲁灵光殿赋》。

⑮玳梁：玳瑁梁，画梁的美称。

⑯校士：考评士子。

⑰玉炉：道家炼丹炉。

⑱独秀：即独秀峰，在今广西桂林。

自咏用陆放翁韵①

老境龙钟②类许丞③，默将心迹对孤灯。
缘愁白发过千丈④，循例黄粳⑤减半升。
风案晓翻书裂幅，雪窗夜卧被生棱。
破除十载无佳事，劣得长吟阏剡藤⑥。

何梦瑶

注释：

①陆放翁：即陆游。陆游(1125—1210)，字务观，号放翁，今绍兴人，南宋文学家、史学家、爱国诗人。

②龙钟：年老体衰、行动不便的样子。

③许丞：西汉中叶许县县丞，是一个为官清廉正直的耳聋官吏。

④此句出自李白的《秋浦歌十七首·其十五》："白发三千丈，缘愁似个长。"

⑤黄粳(jīng)：代指粮食。

⑥剡(shàn)藤：剡溪出产的藤可以造纸，负有盛名。后因称纸为剡藤。

范　咸

范咸，字贞吉，号九池。浙江钱塘人。雍正元年(1723 年)进士。官至御史，曾巡视台湾。著作有《周易原始》《读经小识》《碧山楼古今文稿》《柱下奏议》《台湾府志》《浣浦诗钞》等。

闻余初度①诸生有欲以文寿者赋长句辞之

知非未敢语吾曹②，绛帐③年来感二毛④。

式谷⑤犹应惭蜾蠃⑥，投纶⑦窃欲避阳鱎⑧。

暮春谁识弦中⑨趣，深雪可知门外高⑩。

但愿诸生娴礼乐，他年池上看挥毫⑪。

注释：

①初度：出生年时，后称人的生日。《楚辞·离骚》："皇览揆余初度兮。"

②吾曹：我们。

③绛帐：师门、讲席之敬称。《后汉书·马融传》："融才高博洽，为世通儒，教养诸生，常有千数……居宇器服，多存侈饰。常坐高堂，施绛纱帐，前授生徒，后列女乐，弟子以次相传，鲜有入其室者。"

④二毛：花白的头发，形容年老。

⑤式谷：谓以善道教子，使之为善。

⑥蜾蠃(guǒ luǒ)：一种寄生蜂，胡蜂的一种。此句的意思是在告诫自己要用心教导弟子。

⑦投纶：垂钓。

⑧阳鱎(jiǎo)：亦作“阳乔”。鱼名，比喻不召自至的人。汉刘向《说苑·政理》：“夫投纶错饵，迎而吸之者，阳桥也。”明杨慎《阳鱎》：“阳乔，鱼名，不钓而来，喻士之不招而至者也。其鱼之形则未详……乔从鱼为鱎，字义乃全。”

⑨弦中：喻必须习诗书礼乐。

⑩深雪可知门外高：此句出自程门立雪的故事。鼓励学生要虚心求教，努力上进。

⑪池上看挥毫：池上挥毫，比喻弟子们才华横溢，挥毫泼墨倚马可待。宋范成大《虎丘新复古石井泉，太守沈虞卿舍人劝农过之》：“凤凰池上挥毫手，却掬山泉淬笔端。”

七里香①

翠盖②团团③密叶藏，繁花如雪殢④幽芳⑤。
分明天上三珠树⑥，散作人间七里香。
丹桂婆娑⑦犹入俗，绣球⑧攒簇⑨太郎当⑩。
何如琼岛嫣然秀，采掇⑪还传辟瘴方。

注释：

①七里香：桂花的别称。

②翠盖：指形如翠盖的植物茎叶。

③团团：簇聚的样子。

④殢(tì)：集中，沉溺于。

⑤幽芳：花的清香。

⑥三珠树：古代传说中的珍木。

⑦婆娑：盘旋舞动的样子。

⑧绣球：绣球花，又名木绣球、八仙花、紫阳花、粉团花。其伞形花序如雪球累累，簇拥在椭圆形的绿叶中。

⑨攒簇(cuán cù)：集在一处，簇拥。

⑩郎当：形容太多而紊乱。

⑪采掇：采摘，采集。

吊五妃墓①

田妃金盌②留遗穴，何似贞魂聚更奇。
三百年中数忠节，五人个个是男儿。
忍把童家旧誓忘，孝陵③风雨怨苍苍。
芳魂若向秦淮去，正好乘潮到故乡。
明妃④无命死胡沙，青冢荒凉起暮笳。
争比冰心明似月，隔江不用怨琵琶⑤。
累累荒坟在海滨，魂销骨冷为伤神。
须知不是经沟渎⑥，绝胜⑦要离冢畔⑧人。

注释：

①五妃：袁氏、王氏、秀姑、梅姐、荷姐。明宁靖王朱术桂的五个妃子。陈鸿、陈邦贤《清初莆变小乘》记载：明宁靖王朱术桂，字天球，明辽藩镇裔也，

明亡，由辅国将军归依隆武帝，封宁靖郡王。闽失，避海外，与郑成功合，谋取台地。后郑克塽投降清廷，王无所之。自以明家龙种，义不可辱，乃具冠服，再拜二祖列宗讫，语五妃曰，我死期至矣。五妃皆曰，王生俱生，王死俱死。遂同缢堂上。王临终书绝命词曰，“艰辛避海外，总为几茎发。于今事毕矣，不复采薇蕨”。时年六十六，而明朔亡。范咸巡视海疆时，曾凭吊五妃墓。

②金盌(wǎn)：金碗。

③孝陵：明孝陵，明太祖朱元璋的陵寝。

④明妃：王昭君。名嫱，字昭君，西汉南郡秭归人，与貂蝉、西施、杨玉环并称中国古代四大美女。出塞路上弹奏《琵琶怨》，佳人一曲琴声凄婉悦耳，使南飞的大雁忘记了摆动翅膀，纷纷跌落于平沙之上，落雁由此便成了王昭君的雅称。晋朝时为避司马昭讳，又称为明妃。

⑤隔江不用怨琵琶：此典故出自唐白居易的《琵琶行》。宁靖王的五妃殉国而死，亡于忠义。没有商人妇弹奏的幽怨琵琶声。

⑥沟渎：沟渠。

⑦绝胜：远远超过。韩愈《早春呈水部张十八员外》诗之一：“最是一年春好处，绝胜烟柳满皇都。”

⑧冢畔：坟墓的旁边。陆龟蒙《严子重以诗游于名胜间旧矣余晚于江南相遇甚乐》：“犹怜未卜佳城处，更劚要离冢畔云。”

夜坐丛碧亭

小院层阴①十笏②宽，行吟屋角绕回阑。

故邀檐③月花间照，不畏帘风竹里寒。

一卷新诗迟夜话，半瓶浊酒冷春盘。

更残莫便思高卧，梅影[4]昏黄正好看。

注释：

①层阴：指幽深。

②笏(hù)：笏板。古代君臣在朝廷上相见时手中所拿的狭长板子，按品第分别用玉、象牙或竹制成，以为指画及记事之用。

③檐：屋檐。李白《月下独酌》："举杯邀明月，对影成三人。"

④梅影：梅花树的影子。

天桥

天桥激浪似奔雷，忽放深情长绿苔。
底事有花开绝塞，年年春涨鲤鱼来。
鲥鱼[1]无骨蟹无鳞，肥美虽兼莫浪评。
总是江南无此味，有缘小住定羌城[2]。

注释：

①鲥(shí)鱼：因每年初夏时候入江，其他时间不出现，因此得名。产于中国长江下游，一种名贵鱼类，古为纳贡之物。

②定羌城：在今天甘肃广河县。

陆嘉颖

陆嘉颖，字大田，浙江仁和人。雍正进士，选庶吉士，任左中允。曾任端溪、粤秀书院山长。在山长任上卓有成绩，深得地方官嘉许并上奏朝廷。

将游七星岩不果

生未到星岩，如不识北斗。维摩[①]心所欣，有约奈相负。
时从窗中窥，或向阁畔取。何年立积铁，擘借巨灵[②]手。
玲珑出连峰，参错列壮拇[③]。上有崧台巅，下有沥湖浏。
略似昆仑丘，瑶池宴王母。煌煌[④]北海书[⑤]，永与岩石寿。
我本山中人，怅望[⑥]辰及酉[⑦]。终期扪萝[⑧]登，题名记某某。

注释：

①维摩：维摩诘的简称。即《维摩诘经》。此处指唐代诗人王维。

②巨灵：神话传说中劈开华山的河神。唐李白《西岳云台歌送丹丘子》："巨灵咆哮擘两山，洪波喷流射东海。"

③壮拇：拇指。

④煌煌：明亮辉耀貌；光彩夺目貌。

⑤北海书：北海指唐代李邕。曾任北海太守，史称“李北海”。史载，唐开元十五年(727年)，李邕途经端州，被七星岩石室水洞的奇景所吸引，书成《端州石室记》，留下了此瑰宝。

⑥怅望：失意，伤感地望着天空。唐杜甫《咏怀古迹》之二：“怅望千秋一洒泪，萧条异代不同时。”

⑦辰、酉：十二时辰之一，辰时对应现代时间的上午七时至九时，别称食时。酉时，十二时辰之一，对应现代时间下午五时至晚上七时，鸡开始归巢。意为渴望畅游七星岩。

⑧扪萝：攀援葛藤。唐宋之问《灵隐寺》：“扪萝登塔远，刳木取泉遥。”

宝月台

出郭[①]不数武[②]，僧寮[③]傍水滨。

恨无舟可舣[④]，谁买屋为邻。

月背[⑤]尘中静，台空物外春。

衰颜[⑥]愧鱼鸟，愁绝[⑦]未归人。

注释：

①郭：古代在城的外围加筑的一道城墙。

②数武：意为不远处，没有多远。

③僧寮(liáo)：僧舍。宋陆游《贫居》：“囊空如客路，屋窄似僧寮。”

④舣(yǐ)：使船靠岸。

⑤月背：月光照射不到。

⑥衰颜：衰老的容颜。宋梅尧臣《雪中廖宣城寄酒》：“任从六花壅船户，满酌春色生衰颜。”

⑦愁绝：极端忧愁。唐杜甫《自京赴奉先县咏怀五百字》："沉饮聊自遣，放歌颇愁绝。"

阅江楼

江楼独上势崔嵬①，倚遍栏干四面开。
漓水②近从梧郡③合，牂牁④远自蜀都⑤来。
山形漠漠⑥长如此，塔影亭亭亦壮哉。
莫向金陵缅缔造⑦，升平佳日且衔杯⑧。

注释：

①崔嵬（cuī wéi）：形容高峻，高大雄伟。《楚辞·九章·涉江》："带长铗之陆离兮，冠切云之崔嵬。"

②漓水：漓又作离。《水经·漓水》："漓水亦出阳海山，南过苍梧荔浦县，又南至广信县入于郁水。"即今西江支流桂江及其上游漓江。

③梧郡：广西梧州一带。

④牂牁（zāng kē）：河川名，源出贵州惠水县西北乱山中，流经广西入广东为西江。也称为"蒙江"。

⑤蜀都：古代蜀国的都城。即今四川省成都市。

⑥漠漠：广阔貌；布列貌。唐许浑《送薛秀才南游》："绕壁旧诗尘漠漠，对窗寒竹雨潇潇。"

⑦缔造：创立；建立伟大的事业。

⑧衔杯：口含酒杯，多指饮酒。晋刘伶《酒德颂》："捧罂承槽，衔杯漱醪。"

树下

乍[①]得清风拂，还欣过雨[②]沾。

一身聊客寄[③]，双树喜吾兼。

鸟识栖皆乐，蝉虽聒[④]不嫌。

晚来吟兴好，缺处涌冰蟾[⑤]。

注释：

①乍：忽然。

②过雨：雨后。

③客寄：指寄居异乡。元李寿卿《伍员吹箫》第三折："何日西归，困天涯一身客寄，恨无端岁月如驰。"

④聒(guō)：吵扰，声音嘈杂。

⑤冰蟾：月亮。明汤显祖《牡丹亭·闹殇》："海天悠、问冰蟾何处涌？玉杵秋空，凭谁窃药把嫦娥奉？"

沈廷芳

沈廷芳(1702—1772)，浙江仁和人，本姓徐，字椒园，一字畹叔。乾隆初，由监生召试鸿博，授庶吉士，散馆授编修，迁山东道监察御史，上疏请免米豆税。官至山东按察使。少从方苞学古文，从查慎行学诗，亦究心经学。有《十三经注疏正字》《理学渊源》《隐拙斋集》等。

饮杭大宗①丁香花下

垫枝花又垂垂发，走马来看笑退之。
绮席乍②铺宾不速，琼英③相对酒嫌迟。
香生斜口温风候，丌④占春深夏浅时。
为报流莺传好语，玉堂景色胜前期。

注释：

①杭大宗：杭世骏，前文有注释。

②乍：止也，一曰亡也。亡与止，皆必在仓促，故引申为仓促之称。

③琼英：此处代指丁香花。

④开：代指“丁香花开”的情况。意同白居易“绿野堂开占物华”之“绿野堂开”。

端溪书院斋中示诸生，用晦翁示同志旧韵[①]

南楹卷书坐，山际来风声。广庭凉雨过，草树有余清。

爱兹苍翠姿，长林绝榛荆[②]。绕廊二三子，弦诵乐事并。

问道贵及时，岁晚徒心倾。静观到元化，俯仰胥[③]自宁。

悠然坦以适，毋为叹且惊。即将[④]一杯酒，目送云鸿[⑤]征。

注释：

①晦翁：朱熹的字。朱熹有《示诸同志》一诗，此诗正用其韵。

②榛荆：代指荒芜。

③胥(xū)：齐，皆。

④将：当作"时"。

⑤云鸿：喻志向远大者。

端溪书院追怀范九池[①]前辈全绍衣[②]同年[③]何报之[④]州牧，用张燕公[⑤]还至端州与高六别处韵兼简陆大田表兄

昔别岭南道，重来对夕晖[⑥]。

交游如落业，存殁一沾衣。

旧馆人犹在，追叹事已非。

士衡欣不远，应早订同归。

注释：

①范九池：范咸，字贞洁，号九池。

②全绍衣：全祖望，字绍衣。

③同年：同岁者，或科举同榜者。

④何报之：何梦瑶，字报之。

⑤张燕公：张说，别名张燕公。字道济，一字说之，洛阳人。唐朝宰相，政治家、军事家、文学家。因不肯诬陷魏元忠，流放钦州。神龙革命后，返回朝中，任兵部员外郎，累迁工兵二部侍郎、中书侍郎，加任弘文馆学士。拜相后，不肯党附太平公主，贬为尚书左丞，拜中书令，册封燕国公。

⑥夕晖：夕阳的光辉。唐韦应物《送别河南李功曹》："云霞未改色，山川犹夕晖。"

书院坐雨

连日涔涔①雨，庭前似荻洲②。

客方今旧绝，山逐水云浮。

细草俄添碧，繁虫蚤③报秋。

思乡更怀古，望远独登楼。

注释：

①涔（cén）：渍也。涔涔，义若杜甫"涔涔塞雨繁"，形容雨水多。

②荻（dí）洲：荻，多年生草本植物，生在水边，叶子长形，似芦苇，秋天开紫花。此句诗的意思是：连绵阴雨，庭院积水犹如长满荻花的沙洲。

③蚤：同"早"。

阁上望七星岩分韵

翠屏①宜晚对，斗杓插芳畹②。烟螺③钟奇秀，造物绩粉本。

飞雨随移云，夕阳冠唇献④。境淆丹赭纷，卢⑤现金碧炬⑥。

高低围合匝，水木迷近远。望望已出尘，底用事肥遁⑦。

注释：

①翠屏：喻峰峦，此处喻七星岩。

②斗杓插芳畹：意为七星岩连属嵩台，七岩列峙，如北斗状。

③烟螺：喻青山。

④唇献：当作“层巘”。巘，山峰，山顶。

⑤卢：当作“庐”。

⑥此二句述日落之景。

⑦遁：“遁者，隐退逃避之名……‘上九，肥遁，无不利。’孔颖达正义：‘……遁而得肥，无所不利，故云无不利也。”肥遁，后世借以喻退隐。

青雪亭[1]

孤亭立广院，首夏[2]雪霏绿。长林夕照红，雨后净如沐。

我来拥书坐，凉意侵肌粟。一亩天下宽，此境物表独。

十枝五枝花，三竿两竿竹。枳篱[3]蔓瓜绕，萍末[4]戏鱼乐。

禽声奏上下，蛙鼓鸣断续。运巳叶田田[5]，风过香穆穆[6]。

悠然谐静机，长可谢尘俗。远抱[7]得以舒，奚[8]须万间屋。

注释：

①青雪亭：在书院宣教堂后南荷花池上，杨秋水使相称之爱莲亭。其四围竹树，苍翠如滴，故别名青雪。杨秋水使相：杨秋水，两广总督杨廷璋。使相，清代用以称呼兼大学士的总督。

②首夏：意思是始夏、初夏。指农历四月。

③枳篱：枳木篱笆。唐韩偓《南安寓止》：“此地三年偶寄家，枳篱茅厂共桑麻。”

④萍：苹也。萍末即水草。

⑤田田：莲叶盛密貌。《乐府诗集·相和歌辞一·江南》：“江南可采莲，莲叶何田田。”

⑥穆穆：穆，温和。穆穆指美好。《诗经·大雅·烝民》：“吉甫作诵，穆如清风。”

⑦远抱：远大的抱负。唐韩愈《龊龊》：“大贤事业异，远抱非俗观。”

⑧奚：哪里。

阅江楼

石头最高顶，楼回出云间。横截一江水，平看四面山。

登临怀北阙[①]，雄杰[②]镇南蛮。控制东西粤，兹邦即豹关[③]。

注释：

①北阙：用为宫禁或朝廷的别称。唐李白《忆旧游寄谯郡元参军》：“北阙青云不可期，东山白首还归去。”

②雄杰：才智出众的人。唐王勃《三国论》：“振威烈而清中夏，挟天子以令诸侯，信超然之雄杰矣。”

③豹关：指守卫森严的关口。《楚辞·招魂》：“虎豹九关，啄害下人些。”

羚山寺

亭午暑莫逃，野戍[①]舟作泊。昂首觏绀宫[②]，支筇[③]登杰阁[④]。

阑危临虚空，江永向寥廓。蚕头[⑤]厌矾头[⑥]，鸭脚攒石脚[⑦]。

层层罗星碁[⑧]，簇簇布鼎镬[⑨]。逼[⑩]宵冷风生，侵岭灌莽薄。

七星竞青峭，一气镇磅魄。坐久噪群雅，日斜归独鹤。

白莲香散盆，紫竹筠[11]解箨[12]。回睇古先生，端居乐莫乐。

注释：

①野戍：疑为野戍，指野外驻防之处。北周庾信《至老子庙应诏》："野戍孤烟起，春山百鸟啼。"

②觏(gòu)绀(gàn)宫：觏，看见。绀宫，即绀园，佛寺的别称。唐刘言史《山寺看海榴花》："琉璃地上绀宫前，发翠凝红已十年。"

③支筇(qióng)：筇，一种竹子，可以做手杖。支筇就是拄着拐杖。

④杰阁：高阁。唐韩愈《记梦》："隆楼杰阁磊嵬高，天风飘飘吹我过。"

⑤蚕头：一种状如蚕头的人参。古人认为是一种最好的人参。宋苏轼《紫团参寄王定国》："蚕头试小嚼，龟息变方骋。"

⑥矾头：指类似画中矾石的山石。明徐渭《七里滩》："浅水矾头蘸几堆，青涎齿缝破生梅。"

⑦石脚：石砌的墙基。

⑧碁：同"棋"。

⑨鼎镬(huò)：鼎和镬。古代两种烹饪器。《周礼·天官·亨人》："亨人掌共鼎镬以给水火之齐。"

⑩逼：指时间上逼近和接近。

⑪筠(yún)：竹子的青皮，借指竹子。

⑫解箨(tuò)：谓竹笋脱壳。南朝宋鲍照《咏采桑》："早蒲时结阴，晚篁初解箨。"宋邵雍《高竹》诗之八："抽萌如止戈，解箨若脱甲。"

沈廷芳

羚羊峡

突兀向晴空，巑岏①路莫通。

峡云晴带雨，关树静鸣风。

日月光迂回，波涛势转雄。

羊城连象郡②，扼隘恰当中。

注释：

①巑岏（cuán wán）：山高耸立。南朝梁江淹《待罪江南思北归赋》："究烟霞之缭绕，具林石之巑岏。"

②象郡：秦始皇统一天下后分全国 36 郡，象郡为其中之一。此处代指广西。西江是沟通两广的黄金水道，羚羊峡扼守其中。

过端溪采砚处，水阻不得往观

端溪端江一潢①港，来往频叹空手过。

熟闻砚坑石林列，东西中洞如盘涡。

朱砂翡翠鹳鸲②腹，青花白叶旋绿螺。

上岩卜岩肌理别，厥类沙撤量恒河。

金声玉骨前读品，清淑之气钟偏多。

我生嗜砚逾珙璧③，几席纵横数盈百。

唐镌宋制错落陈，特于端产尤成癖。

兹逢江涨没汉口，烂斧山下一泓碧。

纵有扁舟不得渡，徘徊仍作宝山客。

从来胜情须胜缘，坡仙④海市亦偶获。

何当选暇待秋凉，寻偏巅涯独携屐。
御风乘月羚峡游，蓬底悠然梦今夕。

注释：

①潢：港汊。

②鸐鸻（dí héng）：鸐，长尾山雉。鸻，又名千鸟。鸻科的许多海岸栖息鸟之一。

③珙璧：大璧。明方孝孺《失砚叹》："钱塘会稽屡游历，鬼神呵护同珙璧。"

④坡仙：苏东坡。苏轼自号东坡居士，因才华横溢，且潇洒不拘，因此后世人称其为坡仙。

读书朱子[①]祠侧敬赋

读者贵适道，所得今何如。下士[②]悔闻晚，中情若蒙初。
获侍昔贤侧，缮性[③]神安舒。学古怅不及，闲邪欣早祛。
世味老逾澹，我发日以疏。好风林间来，凉月浮庭除。
载咏四时乐，俛仰[④]恒有余。

注释：

①朱子：指朱熹。

②下士：才德差的人。多用于自谦。

③缮性：涵养本性。南朝宋谢灵运《登永嘉绿璋山》："恬如既已交，缮性自此出。"

④俛仰：俯视和仰望。明归有光《周弦斋寿序》："俛仰今昔，览时事之变化，人生之难久长如是，是不可不举觞而为之贺也。"

沈廷芳

端溪书院十咏

掞天阁[①]

高阁回云霄，朱霞烛天半。中有璆琳琅，五岭[②]荣光烂。

想当勤政暇，激赏予藻翰。敬勒以贞珉[③]，永奉诸玉案。

南极朝神灵，北斗拥璀璨。小臣记飞白[④]，拜手赓复旦[⑤]。

注释：

①掞(shàn)天阁：端溪书院中的一处建筑。总督赵宏灿复建书院时所建，用于存放御赐诗文碑刻等。

②五岭：代指广东。

③贞珉：即石刻碑铭。

④飞白：修辞学上辞格之一。白，指“白字”，“飞白”就是故意写白字。是明知其错而有意仿效的一种修辞方法。

⑤赓，继续。复旦：谓又光明，天明。《尚书·大传》：“日月光华，旦复旦兮。”唐白居易《曲江早秋》：“我年三十六，冉冉昏复旦。”

宣教堂

声教讫[①]四海，文命[②]敷宛康。扬越诸岳牧，勤宣筑斯堂。

海滨邹鲁区，蔚为人文乡。抉舆学乃综，入室心斯臧。

多士获古训，报称宁词章。皋比惭老拙，敢效横渠张[③]。

注释：

①讫：通“迄”。到，至。

②文命：文德教命。《尚书·大禹谟》：“文命敷于四海，祗承于帝。”

③横渠张：张载，字子厚，祖籍河南开封，生于西安，长期居住于今陕西省

眉县横渠镇，人称“横渠先生”。北宋思想家、教育家，理学创始人之一，其“为天地立心，为生民立命，为往圣继绝学，为万世开太平”的名言，历代传颂不衰。

文阁[1]

司禄本台缠，文昌居第四。清气御阴阳，天门实所司。

星传主科名，复云掌爵位。奈何黄冠[2]徒，肖像辄妄儗。

因之吾儒流，崇奉列典祀。登阁一瞻徊，魁筐明舍次。

注释：

①文阁：祭拜文昌星君或者文曲星的地方。

②黄冠：古代指箬(ruò)帽之类，后借指农夫野老。亦借指道士。

晦翁[1]祠

大哉尼山圣[2]，声振宇宙中。中兴濂洛贤[3]，集成惟晦翁。

崇闳备硕德，洙泗渊源通。南粤宗春阳，心学归儒风。

厥派既云别，百川谁挽东[4]。专祠揭虔祀，庶可昭群蒙[5]。

注释：

①晦翁：朱熹，字元晦，又字仲晦，号晦庵，晚称晦翁，谥文，世称朱文公。宋朝著名的理学家、思想家、哲学家、教育家、诗人，闽学派的代表人物，儒学集大成者，世尊称为朱子。

②尼山圣：指孔子。

③濂洛贤：濂指濂溪先生周敦颐。洛指二程，程颢和程颐两兄弟。

④百川谁挽东：此句化用汉乐府《长歌行》：“百川东到海，何时复西归？”

⑤群蒙：受启蒙教育的人，指晚辈后学。

沈廷芳

巢经斋

二曜[①]暨四溟[②]，长新挹难竭。千秋六籍尊，巨防[③]罔或越。

乙丙丁佐之，四库互相发。高斋围若城，道脉细如发。

典以淹雅宗[④]，荫以清林樾。经畬夙绘图，吾将老耕垡[⑤]。

注释：

①二曜(yào)：亦作“二耀”。指日月。宋苏舜钦《符瑞》：“夫二曜五纬，天地之精气，其本在下，而大人统之。”清顾炎武《王征君潢具舟城西同楚二沙门小坐栅洪桥下》：“举头是青天，不见二曜光。”

②四溟：指全国、天下。《宋书·孝武帝纪》：“周王骥迹，实穷四溟。”南朝梁江淹《为萧骠骑让封第三表》：“车轨共文，四溟同宅。”

③巨防：引申为巨大的屏障。唐阎随侯《西岳望幸赋》：“倬彼灵岳，杰出秦畿，豁为巨防，壮哉皇威。”

④雅宗：指诗文的宗主。南朝梁钟嵘《诗品》卷下：“欣泰、子真，并希古胜文，鄙薄俗制，赏心流亮，不失雅宗。”

⑤垡(fá)：耕地翻土。

挹(yì)山楼

群岫[①]蜚遥青[②]，排我楼上窗。长如不速客，听夕敛袂[③]降。

三面宛玦环，中穿抱城江。隐几绝尘梦，卷帘駡[④]飞艭[⑤]。

粉蝶列后枢，缃帙拥高幢。倏然风雨至，振策声琤玐[⑥]。

注释：

①群岫：群山。

②遥青：远处的青山。唐孟郊《生生亭》：“置亭嵽(dié)嵲(niè)头，开窗纳

遥青；遥青新画出，三十六扇屏。”

③敛袂：整饬衣袖。行礼拜揖前的准备动作。《史记·货殖列传》：“故齐冠带衣履天下，海岱之间敛袂而往朝焉。”

④騳(dú)：马奔跑。

⑤艨：古代一种战船。

⑥琤瑽：象声词。玉石等的碰撞声，又指水声。

爱莲轩

管道乐静观，窗前草不除。尤重君子花，此意复何如。

南轩坐南荣[①]，香风来舒舒[②]。鱼戏冰蕸叶[③]，乌窥红芙蕖[④]。

娟瀞[⑤]心弗染，清气袭衣裾。凭兰一徙倚，绝爱晚凉初。

注释：

①南荣：房屋的南檐。荣，屋檐两头翘起的部分。元好问《学东坡移居》诗之二：“南荣坐诸郎，课诵所依于。”

②舒舒：迎风飘拂。宋苏洵《张益州画像记舒》：“公来自东，旗纛(dào)舒舒。”也比喻心情舒畅。

③蕸叶：荷叶。

④芙蕖：亦作“芙渠”。荷花的别名。三国魏曹植《洛神赋》：“远而望之，皎若太阳升朝霞；迫而察之，灼若芙蕖出渌波。”

⑤瀞：同“净”。

青雪林

偃仰[①]空亭间，青雪多贸贸[②]。木棉森其阳，桃李梅罗[③]后。

修篁[④]与芭苴[⑤]，亏蔽[⑥]纷左右。蒙茸[⑦]杂邻树，一气积何厚。

晴好阴雨宜，夏寒湛深秀。时有鹤来栖，乔松并椿寿[⑧]。

注释：

①偃仰：安居，游乐。《诗·小雅·北山》：“或栖迟偃仰，或王事鞅掌。”北齐颜之推《颜氏家训·止足》：“高此者，便当罢谢，偃仰私庭。”

②贸贸：形容纷乱的样子。唐韩愈《琴操·猗兰操》：“雪霜贸贸，荠麦之茂。”

③罗：罗列。

④修篁：修竹，长竹。明归子慕《壬寅正月西村筑室成》：“北牖移修篁，南圃艺药草。”

⑤芭苴：香蕉的别称。

⑥亏蔽：遮掩。明莫止《汉京篇》：“峻阁重楼夹道悬，云房雾殿森亏蔽。”

⑦蒙茸：指葱茏丛生的草木。宋苏轼《后赤壁赋》：“履巉岩，披蒙茸。”

⑧椿寿：比喻长寿，高龄。出自《庄子集释》卷一《内篇·逍遥游》：“上古有大椿者，以八千岁为春，以八千岁为秋。”后遂以“椿寿”指代高寿。

半璧池

半璧觱[1]沸泉，微风漾绮縠[2]。
中秀菡萏[3]白，旁映水荇绿。
蒲抽軔未荒，菱绽角方熟。
流萤绕甃[4]点，花鸭带葑宿。
旭射絜绀澄，露溥凉气肃。
时饮辄薄醉，香山[5]篇屡读。

注释：

①觱（bì）：风寒冷。

②绮縠（qǐ hú）：绫绸绉纱之类。丝织品的总称。唐陈鸿《东城老父传》：“输

于王府，江淮绮縠，巴蜀锦绣，后宫玩好而已。”

③菡萏（hàn dàn）：古人称未开的荷花为菡萏，即花苞。宋欧阳修《西湖戏作示同游者》：“菡萏香清画舸浮，使君宁复忆扬州。”

④甃（zhòu）：井壁。

⑤香山：代指香山居士白居易。

印月廊

人招月为侣，月与人最亲。图璧上下弦，周緪[①]总如银。
秋至恍白画，云净无纤尘。东西彻雨廊，照我观书频。
好悟蟾窟[②]理，清冏[③]惟冰轮。静对桂子落，已升绳河[④]津。

注释：

①緪：粗绳索。周緪，此处代指月亮。

②蟾窟：指蟾宫。宋苏轼《八月十七日天竺山送桂花分赠元素》：“鹫峰子落惊前夜，蟾窟枝空记昔年。”

③冏：光，明亮。

④绳河：银河。南朝梁江淹《建平王庆安城王拜封表》：“丽采绳河，映萼璿圃。”

雨后怀大田山长[①]

久客恋嘉朋，追欢缅良觌[②]。大陆本喆匠[③]，谈经老无敌。
端居粤山麓，皋比静且适。别来月两圆，孤馆坐岑寂[④]。
沉沉风雨夕，卧听茅溜滴。林间作秋声，池上散葭荻。
镫穗耿凄清，更起谁家笛。

注释：

①大田山长：即陆嘉颖，曾任端溪书院、粤秀书院山长，浙江仁和人，沈廷芳表兄。

②良觌(dí)：美好的相见。南朝宋谢灵运《南楼中望所迟客》："搔首访行人，引领冀良觌。"

③喆匠：才华横溢的人。

④岑寂：寂寞，孤独冷清。明刘基《别绍兴诸公》："况有良友朋，时来慰岑寂。"

阅江楼秋眺

突兀四面之飞楼，登临忽复当新秋。
峰廻[①]翠绕竹树涌，江空晴见鼋鼍[②]游。
豚温二水一泻八，千里下溯高峡直。
送扶胥流忆昔有，明季建兹毁兵燹。
即今朝野多欢娱，辉煌南极通冠冕。
更凭高处集风声，云净寥天秋倍清。
纵观五岭擅胜槩[③]，已动千秋万古情。

注释：

①廻：即回，曲折环绕。

②鼋鼍(yuán tuó)：传说中的巨鳖和扬子鳄。

③槩：古通"慨"，感慨。

伍泽梁

伍泽梁，字惠远，号更斋，湖南祁阳人。兄弟五人，雍正、乾隆年间其与一兄弟先后高中进士，另外三兄弟中举。故，伍氏家族有“一门两进士，五子三举人”之誉。伍泽梁雍正癸丑科会试及第，三年后参加了乾隆元年(1736年)的殿试，因此为乾隆丙辰科进士，获得二甲第60名，那一科还有郑板桥、全祖望等知名学者。历任礼部主客司主事、仪制司员外郎，乾隆十四年(1749年)外任江南颍州府知府，任期一年。乾隆十六年(1751年)丁忧在籍。乾隆十八年(1753年)起复担任淮安府知府兼管淮北盐运分司，署理河漕盐法道兼署河务道，寻授按察使司副使。“未几归田，主讲两粤书院。”

前题

漫郎①刺郡涉艰虞②，乞得闲身寄奥区③。
旧宅成墟徙听籁，清溪历劫尚称浯④。
瀛洲⑤此日来佳客，华表千年⑥认故吾⑦。
回首宦情⑧都是梦，山中游兴莫愁孤。

注释：

①漫郎：指唐朝元结。唐颜真卿《唐故容州都督兼御史中丞本管经略使元君

表墓碑铭并序》："将家瀼滨，乃自称浪士，著《浪说》七篇。及为郎，时人以浪者亦漫为官乎，遂见呼为'漫郎'。"

②艰虞：艰难忧患，指灾荒多、战乱频繁的年月。唐杜甫《北征》："维时遭艰虞，朝野少暇日。"

③奥区：指腹地；深处。

④浯(wú)：伍泽梁家乡的浯溪，现为一处名胜。

⑤瀛洲：传说为东海神仙居住的仙岛。《史记·卷六·秦始皇本纪》："海中有三神山，名曰蓬莱、方丈、瀛洲。"

⑥华表千年：用以比喻时光之迅疾，或用于求道学仙之喻。

⑦故吾：过去的我。

⑧宦情：做官的经历。伍泽梁虽早登仕籍，但仕途蹭蹬，所以有此感慨。

马俊良

马俊良，字嵘山，浙江石门人。乾隆二十六年(1761年)进士，初任衢州教授，后官至内阁中书。他藏书甚富，学识广博，曾历任各地书院院长，如山东繁露书院、山西汾阳书院、江西白鹭书院、广西秀峰书院、广东端溪书院等，致力于学术研究，成就人才极众。著有《易家要旨》《春秋传说荟要》《禹贡图说》《山诗草》等书，辑录丛书《龙威秘书》。乾隆四十六年(1781年)前后，马俊良在端溪书院任职，一直到乾隆四十八年(1783年)。

将之端溪留别秀峰诸生[①]

自古销魂是别离，况从文字惬[②]心期。
中宵[③]点勘[④]迟边睡，好句玲珑说项[⑤]诗。
戆直[⑥]应怜无我见，空疏只愧为人师。
诸君叹息同辛苦，风雨萧斋[⑦]已一期。
忽闻书币[⑧]下河阳，满院凄其黯自伤。
只为故人怜乏困，忍教同学又分张[⑨]。
诗文近已规模具，风骨惟凭锻炼苍。

新令尹尤吾执友，爱才如命莫回徨。
最是将行尚未行，摇摇风里扬心旌⑩。
几家文稿需排选，何处山岩待刻名。
无那⑪勾留饶胜概，况从间阔⑫忆嘤鸣⑬。
怜余更有新栽竹，烦为平安远寄声⑭。

注释：

①之：到……去。端溪：这里指端溪书院。秀峰：指广西秀峰书院。

②惬(qiè)心：愉快，满意。

③中宵：半夜。晋陆机《赠尚书郎顾彦先》诗之二：“迅雷中宵激，惊电光夜舒。”

④点勘(kān)：校对勘正文字。唐韩愈《秋怀》诗之七：“不如觑文字，丹铅事点勘。”

⑤说项：为人说好话、替人讲情为“说项”。唐杨敬之器重项斯，作《赠项斯》诗：“几度见诗诗总好，及观标格过于诗。平生不解藏人善，到处逢人说项斯。”

⑥戆直(zhuàng zhí)：憨厚而刚直。

⑦萧斋：书斋。唐张怀瓘《书断》：“武帝造寺，令萧子云飞白大书萧字，至今一字存焉。李约竭产自江南买归东洛，建一小亭以玩，号曰萧斋。”后人称寺庙、书斋为萧斋。

⑧书币：书写礼单，泛指修好通聘的书札礼单和礼品。

⑨分张：分离，分散。唐李白《白头吟》：“宁同万死碎绮翼，不忍云间两分张。”

⑩心旌：指心神，神思。清赵翼《寄题法梧门祭酒诗龛图》：“作诗必以龛，

毋乃拘心旌。”

⑪无那：无可奈何。

⑫间阔：相距遥远。

⑬嘤鸣：鸟相和鸣。比喻朋友间同气相求或意气相投。《诗·小雅·伐木》：“嘤其鸣矣，求其友声。相彼鸟矣，犹求友声；矧伊人矣，不求友生。”

⑭寄声：托人传话。晋陶潜《丙辰岁八月中于下潠田舍获》：“司田眷有秋，寄声与我谐。”

送吴紫庭①浔州②主讲

制义传圣训，非苟③为炳烺④。处则深陶淑⑤，出则资⑥赞襄⑦。

奈何经济业，变为脂粉妆。出身已可鄙，仕宦何能臧⑧。

卓哉治平手，词骨撑天阊⑨。谢⑩彼浓华脆⑪，挺兹翠干苍。

相看同一笑，执手此漓江。漓江易离别，忽复送征航。

君行重回首，云树隔浔阳。东劳⑫与西燕⑬，迢递永相望。

所幸棠阴下，桃李灿成行。相期⑭各努力，报国止⑮文章。

注释：

①吴紫庭：吴坛(1724—1780)，字紫庭，进士，山东无棣县人，历任刑部主事、郎中，江苏按察使、布政使，刑部侍郎，江苏巡抚，诰授光禄大夫。乾隆二十六年(1761 年)恩科进士，与马俊良有同年之谊。

②浔州：今广西桂平。

③苟：姑且，暂且。

④炳烺：光辉照耀。亦作“炳朗”。明方孝孺《关王庙碑》：“其炳朗灵变者，不与众人俱。”

⑤陶淑：陶冶使之美好。清陈确《大学辨三·答张考夫书》："程子陶淑多贤，可为极盛。"宗稷辰《姚适庵怡柯草堂诗赋钞序》："古之为诗者，多与政通；而通于政者，往往通于经。盖好恶之正，本于性情；陶淑之真，关乎风俗。"

⑥资：资助；提供。

⑦赞襄(zàn xiāng)：辅助，协助。唐柳宗元《礼部贺皇太子册礼毕德音表》："严赞襄之礼，赐予有加。"

⑧臧：善，好。

⑨天阊(chāng)：天上的门。明王世贞《郑君义方亭》："一经为世业，双璧奏天阊。"

⑩谢：凋谢。

⑪脆：容易折断破碎。

⑫劳：指伯劳，伯劳俗称胡不拉，是一种食虫鸟类。

⑬燕：候鸟，常在人家屋内或屋檐下用泥做巢居住，捕食昆虫，对农作物有益。"劳燕"常比喻别离。

⑭相期：相互约定和期许。唐李白《赠郭季鹰》："一击九千仞，相期凌紫氛。"

⑮止：同"只"。

寿袁香亭太守①五十初度②次杨兰坡③韵

端州太守汉刘宽④，拯我洪波拊⑤我寒。

爱石尚留包老砚，哦诗⑥时侧杜陵⑦冠⑧。

久闻艺苑夸三绝，何幸高门觏⑨二难⑩。

最是称觥⑪风雅甚，真教⑫屈宋⑬作衙官。

注释：

①袁香亭太守：肇庆知府袁树，袁枚之弟，字豆村，号香亭，浙江杭州府钱塘县人。乾隆二十八年(1763年)进士。

②初度：生日。《楚辞·离骚》："皇览揆余初度兮，肇锡余以嘉名。"后因此称生日为"初度"。

③杨兰坡：杨国霖，曾任高要县令。袁枚到肇庆期间与之交情深厚，《随园诗话》第十卷对此有记载。

④刘宽：(120—?)，字文饶。今陕西潼关人。东汉名臣，汉高祖刘邦十五世孙。为政以宽恕为主，为朝野敬重。

⑤拊：同"抚"，安抚，抚慰。

⑥哦诗：吟诗。

⑦杜陵：指唐代诗人杜甫，字子美，自号少陵野老，世称杜工部、杜少陵等。

⑧冠：帽子。

⑨觏(gòu)：遇见；看见。

⑩二难：指贤主嘉宾。因二者难以并得，故称。

⑪觥(gōng)：古代用兽角做的酒器。

⑫教：让。

⑬屈宋：指战国时楚国诗人屈原和辞赋家宋玉。屈原作有《离骚》，是骚体的开创者；宋玉略晚于屈原，或称是屈原的弟子，也以辞赋著称。

马俊良

送香亭先生北上即用留别原韵

欲唱阳关[①]咽未能，尊[②]前惆怅[③]郁层层。
巢林未稳鷦鹩[④]梦，吟社[⑤]谁传智慧灯[⑥]。
民望重来迎竹马[⑦]，公方万里振霜鹰。
石尤[⑧]小住终难住，一路东风正解冰。

注释：

①阳关：古曲《阳关三叠》的简称。亦泛指离别时唱的歌曲。

②尊：今作”樽“，是商周时代中国的一种大中型盛酒器。

③惆怅：因失意或失望而伤感、懊恼。《楚辞·九辩》：“廓落兮，羁旅而无友生；惆怅兮，而私自怜。”晋陶潜《归去来兮辞》：“既自以心为形役，奚惆怅而独悲。”

④鷦鹩(jiāo liáo)：一类小型鸣禽。用以比喻弱小者。明沈鲸《双珠记·处分后事》：“奸豪计挠，鷦鹩破巢，苍苍胡不彰公道。”此处形容故人离任将无法继续仰仗的遗憾之意。

⑤吟社：诗社。出自唐高骈《途次内黄马病寄僧舍呈诸友人》：“好与高阳结吟社，况无名迹达珠旒。”

⑥智慧灯：智慧能破愚痴之暗，故将灯光称为智慧灯。

⑦竹马：指用竹篾扎成的一种道具，用于民间舞蹈的竹马灯。另指一种儿童玩具，典型的式样是一根杆子，一端有马头模型，有时另一端装轮子，孩子跨立上面，假作骑马。《后汉书·郭伋传》：“始至行部，到西河美稷，有童儿数百，各骑竹马，道次迎拜。”后用以称颂地方官吏。

⑧石尤：石尤风的简称。传说古代有商人尤某娶石氏女，情好甚笃。尤远行

不归，石思念成疾，临死叹曰："吾恨不能阻其行，以至于此。今凡有商旅远行，吾当作大风为天下妇人阻之。"后因称逆风、顶头风为"石尤风"。南朝宋孝武帝《丁督护歌》之一："愿作石尤风，四面断行旅。"亦省作"石尤""石邮"。

送杨兰坡入闽

自是词人重别情，随园[1]行笈[2]识君名。
而今我送君行去，他日何人送我行。
渺渺端江[3]袅袅风，销魂正是九秋[4]终。
片帆东下羚羊峡[5]，尚有逢迎两岸枫。

注释：

①随园：清代才子袁枚的私家园林。袁枚也自号随园主人。

②笈：书籍。本义指盛书的箱子。多用竹、藤编织，用以放置书籍、衣巾、药物等。

③渺渺：悠远的样子。宋王安石《忆金陵》诗之一："想见旧时游历处，烟云渺渺水茫茫。"端江：西江的代称。

④九秋：指秋天。晋张协《七命》："晞三春之溢露，遡九秋之鸣飙风。"唐杜甫《月》："斟酌姮娥寡，天寒奈九秋。"华罗庚《病中斗·寄老战友》："我身若蒲柳，难经九秋风。"

⑤羚羊峡：肇庆境内西江三峡之一，北距鼎湖山 3 公里。

重九[1]夜阅江楼小酌赋得登高万井[2]出眺远二流明韵限一东

皓月当楼眺远空，参差万井二流东。
市声静处潮声起，烟火微时渔火红。

银烛萧萧看菊影，珉[3]砧[4]隐隐听西风。

衔杯占断[5]清宵景，绝胜登临白日中。

注释：

①重九：农历九月九日。

②万井：千家万户。宋张孝祥《水调歌头·桂林中秋》："千里江山如画，万井笙歌不夜。"

③珉(mín)：意指一种像玉的石头。

④砧(zhēn)：这里指捣衣石。砧是指捶或砸东西时垫在底下的器具。

⑤占断：全部占有，占尽。唐吴融《杏花》："粉薄红轻掩敛羞，花中占断得风流。"

答和孙补山[1]宫保[2]尚书赠诗元韵

竭兮黎士赋蒙戎[3]，继绝应存太皞[4]风。

蛮触争余天浩荡，君臣义在日昭[5]融。

此时位业[6]霄渊[7]隔，畴昔[8]钻研辛苦同。

珍重尊前期许意，音邮[9]伫望[10]九秋[11]篷。

注释：

①孙补山：即孙士毅(1720—1796)，字智治，又字补山，浙江杭州人，清朝重臣，历任要职。因军功封一等谋勇公，授兵部尚书、军机大臣、大学士等职，曾任两广总督。

②宫保：为明清两代太子太保、少保的通称。乾隆五十二年(1787年)，孙士毅遣兵助剿台湾林爽文起义，清廷加封其太子太保，赐双眼花翎、一等轻车都尉世职。

③蒙戎：蓬松；杂乱。唐羊士谔《斋中有兽皮茵偶成咏》：“山泽生异姿，蒙戎蔚佳色。”

④太皞：一作“大皞”，又作“太昊”，是古代官方祭祀的五方天帝中的东方天帝。后来亦将太皞作为原始时期太皞部落的首领称号，号伏羲氏。

⑤昭：指阳光明亮，引申为显著。

⑥位业：名位与功业。

⑦霄渊：指云霄与深渊。比喻相去极远。

⑧畴昔：往昔、以前；指往事或以往的情怀。出自《礼记·檀弓上》。

⑨音邮：书信。南朝陈徐陵《又为贞阳侯答王太尉书》：“临江总辔，企望音邮。”

⑩伫望：等候，盼望。

⑪九秋：指九月深秋。唐陆畅《催妆五首》之一：“闻道禁中时节异，九秋香满镜台前。”

江行

雨过天青云四散，偏于水面气氤氲①。
青山矮矮端江阔，幻作潇湘②芦雁纷。
半岭如梳粘石发③，一天如画着洋青。
唐诗金粉④当前是，只少才人会写形。
三江⑤新涨似黄河，一石泥沙水几多。
只少长桥跨两岸，皋兰⑥山下石盘陀。
使风舟静山如走，棹桨⑦船摇岸亦摇。
究竟坤舆⑧元不动，凭人眼见各哓哓⑨。

马俊良

蒲帆不动风能动，兰桨能摇舟亦摇。

至竟天工凭人事，顺风江上有停桡⑩。

一塔孤蹲崖石斑，鲞⑪蚝榄豉⑫满闽阑⑬。

配林泰岳君须记，先有西南后佛山。

江山也要文章助，天地还从君相成。

试向商周寻百越⑭，何人知有岭南⑮行。

注释：

①氤氲（yīn yūn）：也作“烟煴”“细缊”，指湿热飘荡的云气，烟云弥漫的样子。也有“充满”的意思。形容烟或云气浓郁。唐张九龄《湖口望庐山瀑布泉》：“灵山多秀色，空水共氤氲。”

②潇湘：指湘江。因湘江水清深故名。

③石发：生于水边石上的苔藻。《初学记》卷二七引晋周处《风土记》：“石发，水苔也，青绿色，皆生于石也。”唐杨炯《青苔赋》：“别生分类，西京南越，则乌韭兮绿钱，金苔兮石发。”

④金粉：借指蝴蝶的翅膀。喻指繁华绮丽的生活。

⑤三江：古代若干水道的合称。

⑥皋兰：泽边的兰草。《楚辞·招魂》：“朱明承夜兮，时不可以淹。皋兰被径兮，斯路渐。”

⑦棹桨：长的船桨。

⑧坤舆：因地能载万物如舆，故称大地为坤舆。

⑨哓（xiāo）哓：吵嚷；唠叨。

⑩桡（ráo）：桨，楫。

⑪鲞（xiǎng）：剖开后晾干的鱼。

⑫豉(chǐ)：豆豉。用煮熟的大豆或小麦发酵后制成，供调味用。淡的也可入药。

⑬阑：门前的栅栏。

⑭百越：古代越族居住在江、浙、闽、粤各地，各部落各有名称，统称百越，也叫百粤。

⑮岭南：指五岭(大庾、越城、都庞、萌渚、骑田)以南的地区，包括广东、广西一带。

锦石山①怀古

锦绣江山汉使开，书生事业并崔嵬②。
手携崛强蛮王③至，口布恩威诏旨回。
黄屋④龙旗元兀奡⑤，椎头⑥箕踞⑦忽追陪。
至今游客还欣羡⑧，富贵功名词组来。

注释：

①锦石山：德庆华表石的另外一个名称，因高耸入云、状如华表而得名。坐落于德庆县城西25公里陆水河与西江汇流处。为一高约二百米的圆柱形岩石，西侧悬崖上刻有“华表石”三个大字，每字二丈见方，为明代广东书画家黎民表所书。据宋洪迈《夷坚志》和清屈大均《广东新语》记载，秦末，赵佗割据称帝。汉定中原后，汉文帝派大夫陆贾出使南越。陆贾经桂岭取道，沿西江而下，路经此山，登山向山神许愿，若能说服赵佗归汉，当以锦披石山，以酬山神。经陆贾晓以大义，赵佗取消帝号，接受汉封，南北统一。后赵佗与陆贾泛舟西江，陆贾登山，取锦裹石，锦不足，遍山种上黄菊，以花代锦。故名。

②崔嵬：本指有石的土山。后泛指高山。这里比喻高峻，高大雄伟。

马俊良

③崛强(jué qiáng)蛮王：崛强亦作“崛彊”，意指刚直不屈。此处代指赵佗。

④黄屋：帝王所居宫殿的代称。

⑤兀奡(wù ào)：同“兀傲”，孤傲不羁。

⑥椎头：椎发，指边远地区少数民族的发式。

⑦箕踞(jī jù)：两脚张开，两膝微曲地坐着，形状像箕。这是一种不拘礼节的坐姿，比喻轻慢傲视对方的姿态。

⑧欣美：喜爱而羡慕。南朝宋王景文《自陈求解扬州》：“久怀欣美，未敢干请。”

饶庆捷

饶庆捷（1739—1813），字德敏，号漫塘，广东大埔人。乾隆四十年（1775年）进士，翰林院庶吉士。充国史馆纂修散馆，任翰林院检讨。在馆10年，参与编修《四库全书》。历掌端溪、越秀、韩山等书院。有《桐阴诗集》《馆课拟存》等。

肇庆张洪圃八帙[1]观场口赐秩检讨[2]赋赠

石室图书七曜旁，老人星[3]更接文昌[4]。

三岩紫气连鸲鹆[5]，双峡炎云下凤凰。

从此端州添胜事，不徒[6]京兆应祥光。

韩江刘叟鳌江郭，他日期君接武长[7]。

注释：

①八帙：又作八秩，指八十岁。《礼记·王制》："七十不俟朝，八十月告存，九十日有秩。"本指古代帝王对老人的优待，后因称八十岁为八秩，九十岁为九秩。亦作"八袟"。

②检讨：翰林院检讨，从七品。

③老人星：指寿星。

④文昌：即文昌帝君，传说主文运。

⑤鸲鹆(qú yù)：鸟名，俗称八哥。

⑥不徒：不独，不但。

⑦接武：前后相接，继承。

三河[①]夜泊

朝发网溪湾，暮至汇川宿。红光潋绿波，潋滟[②]夺人目。

山涵[③]倒影垂，月涌寒流矗。何人夜吹箫，隔舫嘹亮曲。

注释：

①三河：梅州大埔县三河镇。因处汀江、梅江、梅潭河汇入韩江处，故名。

②潋滟(liàn yàn)：形容水波荡漾。

③山涵：山的幽深。

归舟回文诗

芳园湿雨细霏霏[①]，驿馆通桥对掩扉。

长路水云[②]春入句，小船江月水侵衣[③]。

杨垂荫岸晴春暮，日落迟程远客归。

塘翠映花红绕郭，苍苍[④]晚雾逐帆飞。

注释：

①霏霏：蒙蒙细雨盛密的样子。宋范仲淹《岳阳楼记》："若夫淫雨霏霏，连月不开。"

②水云：指将要下雨的云。

③水侵衣：被水打湿衣服。

④苍苍：无边无际。

寓斋读书

下直[①]归来便读书，老生结习[②]未全除。
儿童又报煎茶熟，竹影横窗月上初。
宅近宣南[③]槐市街[④]，墙根心雨长莓苔[⑤]。
槐花[⑥]风里间敲户，知有门生问字来。

注释：

①下直：在宫中当值结束。宋黄庭坚《和答子瞻》："玉堂下直长廊静，为君满意说江湖。"

②结习：多指积久难除之习惯。

③宣南：清代，宣武门以南地区被称作"宣南"。

④槐市街：汉代长安读书人聚会、贸易之市。因其地多槐而得名。后借指学宫，学舍。

⑤莓苔：青苔。宋苏舜钦《寄守坚觉初二僧》："松下莓苔石，何年重访寻。"

⑥槐花：指举子应试之事。宋苏轼《景纯复以二篇仍次其韵》之二："烛烬已残终夜刻，槐花还似昔年忙。"过去有"槐花黄，举子忙"，唐代长安举子，自六月以后，落第者不出京回家，多借静坊庙院及闲宅居习业作文，直到当年七月再献上新作的文章，谓之过夏。时逢槐花正黄，故有此语。

渡海

新流[①]初长报鼍更[②]，高挂蒲帆[③]趁晓晴。
万里波平天一色，三秋气爽鹤千声。

连云远树微堪辨，入耳风涛了不惊。

观海观澜从此始，应夸奇绝到蓬瀛[4]。

海口茫茫接海安，凌虚万顷破层澜。

平生自信襟怀阔，到此方知天地宽。

注释：

①新流：新的水流。南唐李煜《病起题山舍壁》："炉开小火深回暖，沟引新流几曲声。"

②鼍（tuó）更：指更鼓声。因鼍夜鸣与更鼓相应，故名。

③蒲帆：用蒲草编织的帆。

④蓬瀛：东海中的三座仙山。代指神仙之所。

冯敏昌

冯敏昌(1747—1806)，字伯求，号鱼山，壮族，广东钦州(现为广西钦州)人。乾隆四十三年(1778 年)进士，授翰林编修，改任刑部主事，授奉政大夫等职。性至孝，服阕，不复出。一生著作颇丰，现存诗作共 2 200 多首，主要收录于《小罗浮草堂诗集》中。还参与纂修《四库全书》《孟县志》《广东通志》等多种志书。冯敏昌少年时代曾在端溪书院求学，师从陆大田先生。嘉庆四年(1799 年)，经两广总督礼聘出任端溪书院山长，为期约两年。

励志诗示书院诸生[①]

彬彬礼乐地，肃肃堂庑[②]深。属此徂暑[③]交，相从在文林[④]。
火云[⑤]郁成峰，骄阳赫流金[⑥]。缅彼畦中农，耘锄汗淫淫[⑦]。
亦有道上人，牵车走骎骎[⑧]。而我亦何事，拥书坐长吟。
生徒复予赓，锵然韵璆琳[⑨]。气类云从龙，鸣声鹤在阴。
群居岂不乐，而仍惕予心。圣道渊矣哉，于何用求寻。
颜生[⑩]倘不发，何由示来今。千载有濂溪[⑪]，与点同胸襟[⑫]。
希颜况逸志，空谷诚足音[⑬]。至教匪游扬，契心在潜湛。

往矣荷蒉[14]磬，邈哉师襄[15]琴。日月不待人，寒暑如掷梭。

渐见火星[16]中，行复秋风多。我生过半百，志业两蹉跎。

归来对群经，感激重摩挲[17]。昔汉承秦火，风诗[18]始萌芽。

易道既晦昧[19]，尚书最缺讹。礼乐况崩坏，春秋非一家。

区区马郑徒，掇拾兼搜爬。涉津岂无梁，寻源在沿波。

如何后代士，抵隙[20]兼蹈瑕[21]。说经用空谈，责人忘过苛。

后生懵所闻，讵肯[22]勤切磋。兵农与礼乐，一视谓浮华。

道术既已裂，异端宁责他。穷经只如斯，求志将谓何。

注释：

①此诗作于嘉庆四年(1799 年)，冯敏昌受聘主讲端溪书院时。

②堂庑：堂及四周的廊屋。亦泛指屋宇。

③徂暑(cú shǔ)：《诗 · 小雅 · 四月》："四月维夏，六月徂暑。"郑玄笺：徂，犹始也。四月立夏矣，而六月乃始盛暑。后因以称盛暑，指季夏。

④文林：文士之林。谓众多文人聚集之处。《晋书 · 应詹传》："训导之风，宜慎所好，魏正始之间，蔚为文林。"

⑤火云：红云。多指炎夏。

⑥流金：谓高温熔化金属。多形容酷热。

⑦淫淫：浸渍。

⑧骎(qīn)骎：急促，匆忙。

⑨璆琳(qiú lín)：泛指美玉。喻贤才。唐王昌龄《宿灞上寄侍御玙弟》："吾宗秉全璞，楚得璆琳最。"

⑩颜生：指颜回。

⑪濂溪：周敦颐(1017—1073)的雅号。周敦颐，字茂叔，北宋著名哲学家。

“道承孔孟，学启程朱”。

⑫与点同胸襟：此句出于《论语·先进》：子路、曾皙、冉有、公西华侍坐。子曰：“以吾一日长乎尔，毋吾以也。居则曰：‘不吾知也。’如或知尔，则何以哉？”……对曰：“异乎三子者之撰。”子曰：“何伤乎？亦各言其志也。”曰：“莫春者，春服既成，冠者五六人，童子六七人，浴乎沂，风乎舞雩，咏而归。”夫子喟然叹曰：“吾与点也！”

⑬空谷诚足音：比喻极为难得的音信或言论。

⑭蒉(kuì)：盛土的草包。

⑮师襄：春秋时鲁国乐官，善击磬，也称磬襄。

⑯火星：星名。指大火即心宿二。

⑰摩挲：用手轻轻按着并一下一下地移动，抚摸。唐韩愈《石鼓歌》：“牧童敲火牛砺角，谁复著手为摩挲？”

⑱风诗：指《诗经》中的《国风》。亦泛指民歌。

⑲易道既晦昧：指《周易》隐奥晦涩。

⑳抵隙：抨击缺点。清王士祯《定军山诸葛公墓下作》：“紫色复蛙声，抵隙各为主。”

㉑蹈瑕：利用过失。《史记·淮南衡山列传》：“高皇始于丰沛，一倡天下不期而响应者不可胜数也。此所谓蹈瑕候间，因秦之亡而动者也。”

㉒讵肯(jù kěn)：解释为岂肯。

三子诗①

姚生世力田，崛起思勤学。

笔力既少加，文机复清澈。

于心有不厌，颜面辄发热。
嗟哉伏枕际，要我作墓碣[2]。
谭生家苦贫，四十衿始青[3]。
人称小三元[4]，或曰边五经。
老成旧推毂[5]，干将待发硎[6]。
如何一舸归，化鹤还如丁。
张子绝简默，雅有仲蔚[7]风。
以此学古姿，平渊称一龙。
既去复重来，岂为悬棺封[8]。
有志不得遂，令人悲填胸。

注释：

①三子诗：三子，谓阳江姚生天培、高要谭生仁表、开平张生应龙也，三子皆志学而数月内继谢，惜哉，故作此诗。

②墓碣：墓碑的别称。

③衿始青：即青衿。青色交领的长衫。隋唐两宋学子的制服，借指学子。

④小三元：县府试及入学都是第一名。

⑤毂(gǔ)：车轮中心的圆木，借指车。

⑥发硎(xíng)：硎，磨刀石，磨利。刀新从磨刀石上磨出来，十分锋利。比喻初展抱负或刚显露出才干。

⑦仲蔚：张仲蔚者，平陵人也。与同郡魏景卿俱修道德，隐身不仕。善属文，好诗赋。

⑧悬棺封：见《礼记·檀弓上》：“苟亡矣，则敛首足形，还葬，悬棺而封，人岂有非之者哉！”

辛酉初春自端溪将之粤秀留别见送诸君及同学诸子四章

四十年来叹索居[①]，鸿泥[②]重觅意何如。
纵来须识终当去，由后奚堪更忆初。
立雪[③]同心凡几在，传经家学尚全虚。
讲堂但许门生[④]摄，亦愿重寻未竟书。

圣道如天岂易登，希颜且复望吾朋。
从知叩诵千回意，不忘濂溪[⑤]一派承。
精舍百间流静咏，莲池五夜照书灯。
虽然谭艺称洵美[⑥]，但语求仁恐未能。

登临暇日亦留连，不异随游向昔年。
石室窥寻看水月，江楼觞咏[⑦]出风烟[⑧]。
相逢但觉人情好，深眷还欣地主[⑨]贤。
此日萍蓬[⑩]须别去，能无信宿[⑪]为缠绵[⑫]。

一片骊驹[⑬]就道声，况教祖席[⑭]出重城[⑮]。
生徒已愧留余意，朋友何堪送我情。
光弼[⑯]入军应有色，廉颇[⑰]将楚恐无成。
惟余广肇程还近，好看贤书接俊英[⑱]。

注释：

①索居：离开人群独自居处一方。唐白居易《杨六尚书留太湖石在洛下借置庭中因对举杯寄赠绝句》："借君片石意如何？置向庭中慰索居。"

②鸿泥：在雪泥上留下的爪印。比喻往事的痕迹。清钱泳《履园丛话·古迹序》："足迹所到，略志鸿泥，以备遗忘，不可谓之阅历也。"

③立雪：程门立雪的缩写。北宋儒生杨时、游酢往见其师程颐，值颐瞑目久坐，二人侍立不去，颐既觉，门外雪已盈尺。后以“立雪”为敬师笃学之典故，比喻尊敬师长和虔诚向学。

④门生：指求取知识学问的学子与学生，或者是对得到有知识与德望的人与学术界长者授业之人的称呼。泛指学生与弟子。

⑤濂溪：周敦颐(1017—1073)的雅号。

⑥洵美：意思是确实漂亮。

⑦觞咏(shāng yǒng)：谓饮酒赋诗。

⑧风烟：景象，风光。宋刘过《行香子·山水画面》：“无限风烟，景趣天然，最宜他，隐者盘旋。”

⑨地主：当地的主人。对来往客人而言。

⑩萍蓬：萍、蓬，皆为植物。萍蓬比喻人的行踪漂泊不定。

⑪信宿：连住两夜，也表示两夜。

⑫缠绵：牢牢缠住，不能解脱(多指病或感情)。

⑬骊驹：纯黑色的马。

⑭祖席：饯行的宴席。唐杜甫《送许八拾遗归江宁觐省》：“圣朝新孝理，祖席倍辉光。”

⑮重城：有战略意义的重要城市。

⑯光弼：指李光弼，营州柳城人，唐朝中期名将，左羽林大将军李楷洛第四子。李光弼入郭子仪军，号令一施，旌旗变色。

⑰廉颇：战国时期赵国大将。长平之战后不受赵王信任，被迫出走魏国和楚国，不受重用，后死在楚国。

⑱俊英：才能出众的人。

辛酉[①]春移席越秀[②]，道出端城[③]访何碧山[④]，即席赋赠

城北重寻兴未穷，冬阑[⑤]行复到春风。

君家喜色从何见，庭际山茶烂漫红。

入座同欣送喜茶，杯盘蠲洁[⑥]更堪夸。

称翁未老心殊乐，明岁椒槃[⑦]看颂花。

注释：

①辛酉：辛酉年即嘉庆六年(1801年)，这一年冯敏昌五十五岁，辞谢端溪山长主讲粤秀书院。

②越秀：即粤秀书院，清代广东又一著名书院，创建于康熙四十九年(1710年)。

③端城：指肇庆。端溪书院坐落于肇庆府高要县境内。

④何碧山：何英，生卒年不详，号碧山，清乾隆四十四年(1779年)中武举人，性好砚，且精于鉴赏古器，又有诗名。冯敏昌在端州期间与其交厚，离别之时专程前往与之话别。

⑤冬阑：冬天将结束。冯敏昌正月离开端溪，所以说冬天将结束。

⑥蠲(juān)洁：清洁。唐刘禹锡《管城新驿记》："劳迎展蠲洁之敬，饯别起登临之思。"

⑦椒槃：盛有椒的盘子。古时正月初一日用盘盛椒，饮酒则取椒置酒中。

送饶桐阴[①]得庶吉南还

变得鸾皇[②]返故株[③]，文章五色[④]故应殊。

谁言照影羞南羽[⑤]，羡尔循陔[⑥]学哺乌[⑦]。

注释：

①饶桐阴：饶庆捷(1739—1813)，字德敏，号曼塘，广东大埔人。乾隆四十年(1775 年)进士。有《桐阴诗集》传世。

②鸾皇：鸾与凤。皆瑞鸟名。常用以比喻贤士淑女。

③故株：比喻家乡。

④文章五色：出自《文心雕龙》："故立文之道，其理有三：一曰形文，五色是也；二曰声文，五音是也；三曰情文，五性是也。"五色文章又称锦绣文章。

⑤谁言照影羞南羽：此句可以参考黄庭坚的《睡鸭》："山鸡照影空自爱，孤鸾舞镜不作双。"比喻顾影自怜。

⑥循陔：桐阴别号。

⑦哺乌：即乌哺，乌鸦长成，能觅食喂养母乌。借喻子女孝养父母。此处喻指饶庆捷辞别官场返乡能常伴父母身边孝顺父母，令人称羡。

羚羊峡①

羚羊峡前水渺茫，羚羊峡口烟苍苍②。

一峰猿声一峰雨，随意客船江寺③旁。

注释：

①羚羊峡：羚羊峡在肇庆境内，是一大胜景。过去往来肇庆的商旅文人多走水路，羚羊峡是必经之地。屈大均《广东新语》卷三《石语·两三峡》："(西江)大湘、小湘、羚羊，为西三峡。"

②苍苍：无边无际的。

③江寺：即峡山寺，始建于南朝梁代，曾于唐末被毁，至明末重建，又名"岭山寺""灵山寺""羚羊寺""羚山寺"。位于羚羊峡西口山麓，极负盛名，现仅

存基址。文人墨客往来多留宿于此。

崧台[1]

天水茫茫合，牂柯千里来。

苍然留远影，晚色下山隈[2]。

缥缈城钟出，嵯峨[3]羚峡开。

长风[4]吹不极[5]，人立古崧台。

注释：

①崧台：在西江边，在羚羊峡旁。

②隈(wēi)：山水弯曲隐蔽处。

③嵯(cuó)峨：山高峻貌。

④长风：远风。唐杜甫《龙门阁》："长风驾高浪，浩浩自太古。"

⑤不极：无穷，无限。唐李白《古风》："周穆八荒意，难皇万乘尊。淫乐心不极，雄豪安足论。"

晓入峡山寻归猿洞，得四律

一

空青[1]与烟辟，片水围苔痕[2]。石气[3]不离雨，云阴常在门。

何人见清晓，独往闻孤猿。渺渺白惆怅，难为尘世[4]喧。

二

悬崖削空下，幽境还迷离。泉引凿心竹[5]，亭围连理枝[6]。

响流辨山窍[7]，影小沉萝丝。寂寞起灵梦，云中来桂旗[8]。

三

悄然上峰顶，峰顶凝寒流。石树自春色，岚风吹晓愁。

玉环[9]渺何处，瑶草[10]空离忧[11]。独对老僧坐，何心能远游。

四

不觉有寒意，因之思故乡。人危下山径，花冷临崖香。

采药昔人远，系身名路[12]长。听钟一回首，烟雨空苍苍。

注释：

①空青：指青色的天空。

②苔痕：苔藓滋生之迹。此指猿洞久无人迹而荒生苔藓。

③石气：环绕山石的雾气。

④尘世：犹言人间俗世。

⑤凿心竹：中间凿空的竹子，引水之用。

⑥连理枝：今多形容夫妻恩爱。诗中指根枝相连，围护亭泉。

⑦窍：孔穴。水流经过时会发出声音。

⑧桂旗：指神祇车上的旗帜。《楚辞·九歌·山鬼》："乘赤豹兮从文狸，辛夷车兮结桂旗。"

⑨玉环：比喻圆圆的月亮。

⑩瑶草：传说中的香草。宋玉《高唐赋》序说巫山之云为神女瑶姬所化，旦为朝云，暮为行雨，瑶姬为炎帝之女，死后化云，居巫山之巅，上有瑶草，男女食之相爱。

⑪离忧：离别的忧思。

⑫名路：谋取功名之路。

对月二首

一

秋情秋影两难降，抱影重悲[1]剑一双。
几处西风迷水岸，此时明月落船窗。
苍茫易感还乡梦，惨淡空愁过客艭[2]。
何事悄无人语处，萧萧[3]长笛又横江。

二

夜气苍茫一望空，江烟无尽影朦胧。
梦随双槽摇寒月，人与孤灯避暗风。
遥雁凄凉迷枕上，苍蒹[4]凌乱入愁中。
梅关[5]大远铜鱼暗，惆怅归情不可穷。

注释：

①抱影重悲：古人仗剑走天涯博取功名留万世名。像李白少年时就有这样的抱负，可惜事与愿违。

②艭(shuāng)：指小船。

③萧萧：形容笛声悠扬，回荡江面。

④苍蒹：水中植物。《诗经·秦风·蒹葭》："蒹葭苍苍，白露为霜。所谓伊人，在水一方。"

⑤梅关：古关名。在江西大庾岭。为江西、广东二省分界处。

冯敏昌

得绿亭

遥空新雨余，回檐晚风落。万绿积已成，重帘望犹合。

离家已月余，兹焉守寂寞。耳目觉沉静，志趣寡欢乐。

师友信亲严，诗书或糟粕。长当诵读暇，苦抱羁愁恶。

日长有啸叹，夜感长萧索①。愁魂引幽梦，天涯仍海角。

歌泣匪②成辙，惨怆难约略。岂伊悲女儿，且匪循棣萼③。

吁嗟出门日，吾弟形何弱。一病知岁时，回思仅如昨。

始犹寒热兼，继乃喘泻作。上嗽撄其心④，下瘇⑤缘从脚。

饮食或不尽，滋味恒苦薄。严君⑥既感慨，慈亲益劳结。

重之以幼弟，艰难那可说。最疑两颊下，瘿瘤⑦并时作。

吾闻致此物，其疾甚难却。当弟送我时，瘦如忍饥鹤。

不知别离后，何以制消削⑧。磋予卤莽甚，不获视汤药。

念此心肠断，空余形影泊。何当早归来，骨肉诚可托。

注释：

①萧索：萧条冷落，凄凉。

②匪：同“非”。

③棣萼：比喻兄弟。语出《诗经·小雅·常棣》：“棠棣之华，萼不韡韡，凡今之人，莫如兄弟。”

④撄(yīng)其心：扰乱心神。

⑤瘇：足肿。

⑥严君：指父母。

⑦瘿(yǐng)瘤：中医病名。生在皮肤、肌肉、筋骨等处的肿块。

⑧消削：指消瘦。

阅江楼阻风和壁上草溪师韵

滕王阁前倚王郎[①]，飞棹不说江水长。
昔人黄鹤[②]复高举，独俯江汉窥衡湘。
我乘牂柯之西涨，藤梧晓势趋汪洋。
船行州邑疾飞鸟，天意风水须周防[③]。
雄楼十丈谁俯望，崧台杰出江亭旁。
檐浮[④]百雄轶埃坱[⑤]，槛涌六塔[⑥]分毫芒。
茫然大河落南牖，白龙鳞甲森开张。
群山如云怒相抱，首不见尾余中央。
堆阜[⑦]鼍行亦鼋[⑧]趾，作力赑屃皆腾骧[⑨]。
羚羊之峡独何许，铁浮图起摩青苍。
上有霁云矗相压，如囷[⑩]如鼠如牛羊。
大风东来驱不动，但见白浪驰西方。
吁磋哉！此楼前后登者不可量，雄文峻笔谁豪强。
阅人何啻若传舍[⑪]，赋手咫尺无津梁。
吾师笔阵[⑫]看堂堂，雷门鼓震声礌硠[⑬]。
武昌题诗慰迁客，洪都[⑭]把酒追新凉。
易来兹楼语登览，奇字许学成都扬[⑮]。
逝将渡江访幽蓟，径取章贡先湣涯[⑯]。
壮游每泥神所助，羁泊未免颜无光。
流行坎止[⑰]自有日，问天何必微苍茫。

注释：

①王郎：此处指写下千古名篇《滕王阁序》的才子王勃。

冯敏昌

②昔人黄鹤：唐崔颢《黄鹤楼》："昔人已乘黄鹤去，此地空余黄鹤楼。"

③周防：周密防备。

④檐浮：超脱尘世之意。

⑤埃坱(yǎng)：尘埃、灰尘。

⑥槛涌六塔：指位于西江畔的崇禧、元魁、文明、巽峰等古塔。

⑦堆阜：小丘。

⑧鼋(yuán)：鼋鱼，外形似鳖。

⑨作力赑屃皆腾骧：此句意思是群山起伏，堆垛叠压，气势昂然。赑屃(bì xì)：传说中的一种动物，像龟。

⑩囷(qūn)：古代一种圆形的谷仓。

⑪传舍：古代供行人休息住宿的场所。

⑫笔阵：书法运笔如排兵布阵。

⑬礌(léi)硠(láng)：礌，古代作战时从高处推下大石头，以打击敌人。硠，形容水石撞击声。此处形容大声。

⑭洪都：南昌的旧称。

⑮成都扬：指扬雄。

⑯湷(pá)洭(kuāng)：湷和洭都是水名，在今广东。

⑰流行坎止：遇坎而止，乘流则行，比喻依据环境的逆顺确定进退行止。

与季子晚入羚山寺

帆前苍云横，一堕出不及。攀天上有门，沿崖滑无级。

扶栏怯前援，片叶后窣①立。嗅色乱一径，鸟影掠两笠。

高木翻藤萝，万里长风入。轩然古台端，一口可江吸。

堂头红碗火[②]，慈眼悟粟粒[③]。归船途已顺，冲虎意未急。

思拾羚羊角[④]，以破旧诗习。

注释：

①窣（sū）：下垂。

②红碗火：即佛堂所燃火烛，因烛为红色，故云。

③慈眼悟粟粒：此句借佛语以慈悲心领悟纤微，亦有说作诗须求悟性及后说应自然。慈眼：亦称“慈目”。佛教语。佛以慈悲心视众生之眼。

④羚羊角：南宋·严羽《沧浪诗话》：“盛唐诸公唯在兴趣，羚羊挂角，无迹可求。故其妙处透澈玲珑，……如空中之音，相中之色，水中之影，镜中之像，言有尽意无穷。”此处借此来说作诗要灵活自由。

初冬寄故园诸子

十月欲尽衣箧[①]空，庭前菊花白雪中。

寻常酒债避不得，绝徼[②]乡书谁为通。

不用桥边待司马，会须庑下访梁鸿[③]。

迢迢千里梅关外，此日南枝何意红。

注释：

①衣箧（qiè）：装衣服的小箱子。

②绝徼：遥远的边塞之地。唐韩愈《湘中酬张十一功曹》：“休垂绝徼千行泪，共泛清湘一叶舟。”

③梁鸿：东汉隐士，字伯鸾，今陕西咸阳人。生卒年不详。少孤家贫，曾入太学受业。后归平陵，娶孟氏女光，貌丑而贤，后共入霸陵山中隐居，耕织为业，读书弹琴自娱。

冯敏昌

塞上秋阴写望川

西风寒雁自成群，绝塞秋容[1]望不分。
大漠无尘通去马，长大如阵置平云。
着鞭[2]敢负平生意，投笔空惭万里勋[3]。
自是圣朝柔远洽，不须还问李将军[4]。

注释：

①秋容：指秋色。唐李贺《追和何谢铜雀妓》："佳人一壶酒，秋容满千里。"

②着鞭：鞭打，自我勉励之意。

③此句引用了班超投笔从戎的典故。《后汉书·班超传》："（班超）家贫，常为官佣书以供养。久劳苦，尝辍业投笔叹曰：'大丈夫无他志略，犹当效傅介子、张骞立功异域，以取封侯，安能久事笔研间乎？'"

④李将军：西汉武帝时期名将李广。

七星岩李北海摩崖石室记歌

七星何年堕天高，三山[1]海上标灵鳌[2]。
帝觞百神[3]最高处，鼓钟鞺鞳[4]纷云旄。
群真献寿帝不怿，文采未曜徒尘嚣。
山灵伫立一万载，峨然天上来人豪[5]。
节如日星炳秋汉[6]，才如干莫[7]欺霜刀。
高文巨制满天下，儒林根柢非残膏。
穹碑百尺纵壮伟，杰构未足观吾曹。
谁摩巨崖一千丈，层云漠漠风飂飂[8]。

金阙[9]玉堂[10]应记注，石床丹灶[11]供爬搔。
至文万仞自不坏，况有劲笔驱云涛。
象王[12]力与神龙并，金刚杵[13]更群魔鏖。
熊熊南大睹光怪，山魈[14]木魅[15]纷腾逃。
从兹斯岩顿生色，不比灵异光藏韬。
即论全粤亦辉映，要与韩笔争氂毫。
独嗟才高既大与，胡为缺折偏相遭。
试观东宫被礼遇[16]，已有谗慝[17]工訾謷[18]。
封禅初成献牛酒，水浆翻绝拘尸牢[19]。
不有许昌义男子[20]，早已圭璧埋蓬蒿。
讨贼功成作司马[21]，岳麓寺近容翔翱[22]。
丰碑书成并镌石，黄仙鹤者[23]名空叨。
因知此记亦手刻，名要传远奚辞劳。
重嗟地踣天麒麟，长令老鹤苍山号。
众邪丑正竟安在，八哀[24]终等群公褒。

注释：

①三山：传说中的海上三神山。晋王嘉《拾遗记·高辛》："三壶，则海中三山也。一曰方壶，则方丈也；二曰蓬壶，则蓬莱也；三曰瀛壶，则瀛洲也。"

②灵鳌：传说中的巨龟。

③帝觞百神：七星岩石室岩有明朝题刻"帝觞百神之所"。形容鬼斧神工，乃神仙居所。《山海经·中山经》："中次七经苦山之首，……东三百里，曰鼓钟之山，帝台之所以觞百神也。"

④鞺鞳(tāng tà)：钟鼓声。

⑤人豪：豪杰人物，此处代指李邕，唐代书法家。

⑥秋汉：秋季的天河。

⑦干莫：指干将和莫邪，传说中的名剑。卢藏用尝谓：“邕如干将、莫邪，难与争锋，但虞伤缺耳。”

⑧颾颾(sāo sāo)：风声，形容风凛冽。

⑨金阙：仙人所居。

⑩玉堂：玉饰的殿堂。指宫殿。

⑪丹灶：道家炼丹用的炉灶。

⑫象王：佛教用语，指菩萨或佛祖。

⑬金刚杵：佛家修行道具。

⑭山魈：传说中山里的怪物。

⑮木魅：旧指老树变成的妖魅。

⑯东宫被礼遇：指玄宗在东宫，邕及崔隐甫、倪若水同被礼遇。

⑰谗慝(tè)：指邪恶奸佞之人。

⑱訾謷(zī áo)：攻击诋毁。

⑲尸牢：用祭品举行仪式来祭祀。

⑳许昌义男子：此句指的是唐天宝中，仇人告李邕贪赃枉法，下狱当死，许昌男子孔埠上书替其申辩，李邕免死贬遵化尉，孔璋配流岭南。

㉑讨贼功成作司马：此句指的是唐开元十四年(726年)，李邕从中人杨思勖讨岭南贼有功，徙沣州司马。

㉒岳麓寺近容翔翱：此句指的是李邕任沣州司马时于开元十八年(730年)在岳麓山麓山寺作《麓山碑》。碑为青石，高272厘米，宽133厘米，圆顶。

㉓黄仙鹤者：麓山寺碑上书江夏黄仙鹤勒石。

㉔八哀：杜甫写《八哀诗》，分别伤悼王思礼、李光弼、严武、汝阳王李琎、李邕、苏源明、郑虔、张九龄等八人。

除夜过羚羊峡

肇[1]广相距三日程，限隔最有羚羊峡。
我昨买舟别广州，抵肇除夕指先掐。
岂知沙口已阻沙，比过西南风更乏。
晚泊横槎[2]望峡口[3]，碧色芙蓉半天插。
沉思牵挽入旋螺[4]，畏此崎岖兼曲狭。
又况风色一不顺，坐度新年水空歃[5]。
伏枕初更梦忽归，迎笑幼儿欢一霎。
醒来辗转梦不成，起坐挑灯茶试呷。
似闻船底水淙淙，复听后梢人啑啑[6]。
为言明朝可到肇，幸此中宵转风恰。
被衣亟起出船头，已到龙门双画夹。
两龙正黑对蟠蜿，我舟中行畏鳞甲。
铁色重看十二碚[7]，天关更入希夷匣[8]。
为从桅顶掣红灯，照见船边开翠蓮[9]。
攀枝猨子叫还惊，渡水於菟[10]血方喋。
惊神寒魄不可道，为饮二杯同御夹[11]。
长年回柁更摇橹，歌笑揶揄但相狎。
渐闻羚山寺[12]里钟，似借愚公门外锸。
天罅豁开星斗明，仰觇钩钤光旭霅[13]。

冯敏昌

七点苍岩虽未见，已识兜鍪[14]阵方押。
昔闻邓艾入阴平，未识淮阴[15]论兵法。
将士思归出三秦，瓴水下建泰山压。
自可千群鸿[16]飞隼，不用二更击鹅鸭。
试看舟子念还家，总忘辛勤冀欢洽。
船舷已泊阅江楼，晓日初升红靺鞈[17]。
因势利导理则然，聊记情形当手札。
次儿饱睡唤始醒，惊起真看熟羊胛[18]。

注释：

①肇：指肇庆。

②槎(chá)：木筏，此处指小船。

③峡口：羚羊峡口。

④旋螺：水中的漩涡。

⑤歃(shà)：用嘴吸。

⑥唼(shà)：同“唼”。这里形容吃东西的声音。

⑦十二碚(bèi)：湖北宜都西北，屹立于长江右岸的荆门山，有十二碚，即十二座景色秀丽的山峰。

⑧希夷匣：希夷指道家、道士。华山附近华山峪五里关南石门东，古时称云峰谷，宋时名隐士陈抟的尸骨放置在峡口方洞中，当地人便称之为希夷匣。

⑨翠萐(shà)：形容江边的山崖，藤草茵茵，犹如扇子。萐：一种大叶植物，大叶可做扇子。

⑩於菟(tù)：虎的别称。

⑪御夹：天气冷，饮酒以御寒。夹：指夹衣。

⑫羚山寺：又名峡山寺，在西江北岸，羚羊峡口。

⑬霅（shà）：散开的样子。

⑭兜鍪（móu）：原指作战时所戴的头盔。此处代指士兵。

⑮淮阴：代指淮阴侯韩信。

⑯鴥（yù）：同“䮱”，鸟疾飞的样子。

⑰靺鞈（mò gé）：赤色皮蔽膝。

⑱熟羊胛：形容时间短。典出《新唐书·回鹘传下》：“骨利干处瀚海北……其地北距海，去京师最远，又北度海则昼长夜短，日入亨羊胛，熟，东方已明，盖近日出处也。”

元旦书感

一

丁卯生来到丙寅[①]，论年已是杖乡身[②]。
平生志业成何事，留取衰残作辛民。

二

生事侵寻[③]气不扬，收身此后更何方。
百篇老去殷勤读，一水归欤自在尝。

注释：

①丁卯生来到丙寅：冯敏昌生于1747年，农历丁卯年，到1806年丙寅年，刚好虚岁六十岁。这一年他去世。

②杖乡身：语出《礼记·王制》：“六十杖于乡。”谓六十岁可拄杖行于乡里。

③侵寻：渐渐。

聂肇奎

聂肇奎，字藻庭，湖南衡阳人。乾隆年间举人。嘉庆九年(1804 年)主讲端溪书院，寓居高要二年。

和锄月轩种梅诗

嘉庆甲子，余由楚南来粤，主讲端溪，李充之南宫命其子又泉从游门下，因造锄月轩，访南宫，种梅课子之所得，读前后叠韵诸什，尊酒论诗，遂成旧雨，因和四章以志一时韵事云。

桃李成荫满地栽，又看官阁[①]发新梅。
安排自是探花手，调燮[②]先储宰相才。
一树灵根[③]凭爱护，经年化雨久滋培。
庭前且喜饶风味，日日巡檐得意回。
漫诩词人孟浩然，瓣香今又属青莲。
江南好信初传后，岭北群芳独占先。
修到几生春人梦，锄来深夜月当天。
自从放鹤题诗去，赢得风光醉倒筵。
树人树木两扶持，一片芳心只自知。

门外雪逢三尺厚，枝头春报十年期。
果然清客[4]无双品，真似仙人出世姿。
此后庭阶呈缟袂[5]，凭栏领趣共催诗。
铁石心肠讶广平，佳章属和遍端城。
栽来泮沼祥先兆，吟到琼姿[6]句亦清。
马帐[7]暗香风细扑，鳣堂[8]疏影月分明。
衡阳亦有环溪竹，每倚窗前一笑横。

注释：

①官阁：官署。清孙枝蔚《寓句容道观寄简王阮亭扬州》："扬州官阁梅开未？正忆新诗远寄看。"

②调燮(xiè)：犹言调和阴阳。古谓宰相能调和阴阳，治理国事，故称以宰相。

③灵根：植物根苗的美称。唐柳宗元《种术》："戒徒劚(zhú)灵根。"

④清客：梅的别名。宋姚宽《西溪丛语》卷上："予长兄伯声，尝得三十客：牡丹为贵客，梅为清客，兰为幽客……棠梨为鬼客。"

⑤缟袂：白衣。亦借喻白色花卉。宋苏轼《次韵杨公济奉议梅花诗》之一："月黑林间逢缟袂，霸陵醉尉误谁何。"

⑥琼姿：美好的丰姿。明高启《梅花》诗之一："琼姿只合在瑶台，谁向江南处处栽。"

⑦马帐：指读书人的书斋或儒者传业授徒之所。

⑧鳣堂：比喻教学之地。汉代杨震隐居乡里教授生徒，对州郡长官荐他出仕辅政的召请置之不理。传说杨震一日正在讲课，忽然有一只鹳雀口中衔着三条鳣鱼飞落在讲堂门前，闻者皆呼奇异。鳣，即鳝鱼，鳝鱼形同蛇，故称鳝蛇，其身体颜色黄底有黑纹，是公卿大夫服饰的象征。

刘彬华

刘彬华(1771—1829)，字藻林，号朴石，番禺人。光绪《广州府志》载："幼颖悟好学，乾隆乙巳举人，年甫十六。"乡试中举时只有十六岁，少年英才，有清一代很罕见。嘉庆六年(1801 年)，刘彬华中进士，选庶吉士。同科中有协力林则徐查禁鸦片的两广总督邓廷桢、端溪书院山长聂镜敏兄弟聂镐敏、肇庆知府屠英等，散馆后授翰林院编修。但刘彬华以母老多病为由辞官归乡，不再复出。刘彬华回乡后，毕生以授徒讲学为业。从嘉庆九年(1804 年)起，先后讲席越华、端溪、羊城等书院凡二十余年。在教学中他言传身教，教法得当，深受学生爱戴。

晚坐

槛外花无语①，云边鸟自归。

月痕②依树淡，山影③到窗微。

酒得醒时趣，诗寻静者④机。

高轩⑤漫过访，容易扣柴扉⑥。

注释：

①无语：没有说话，形容寂静无声。

②月痕：月影；月光。

③山影：山的倒影，远山的轮廓。

④静者：深得清静之道、超然恬静的人。多指隐士、僧侣和道徒。

⑤高轩：贵显者所乘。亦借指贵显者。

⑥柴扉：释义为柴门。亦指贫寒的家园。

过飞来峡[1]

二禺七十有二峰，峰峰乱削青芙蓉[2]。
飞崖壁立[3]互撑拄，屹若双阙[4]排珠宫[5]。
浈江[6]北来势一束，水随山罅[7]弯环通。
伟哉造物信瑰异，日南妙境开鸿蒙。
我从珠海浮征蓬[8]，入峡喜见波泙濈[9]。
天光云影荡朝旭，一涤廿载尘壒(ài)胸。
须臾[10]森悚竖毛发，众山窌窲[11]号谷风[12]。
深林障日蹲虎豹，怒湍激石掀鱼龙。
江神怪我行匆匆，指点兰若[13]寻仙踪。
当年飞来岂偶尔，定有风雨云雷从。
如何神工[14]失守护，顿令一角遗云封。
由来海峤事多幻，浮山[15]逃石[16]毋乃同。
香台[17]缥缈烟峦中，联娟修黛环帘栊。
轩辕[18]帝子渺然去，不闻坑竹空闻钟。
幽栖吾欲架深广，却愧踪迹犹萍蓬[19]。
诗成一笑且携棹，名山挂席[20]焉能穷。

刘彬华

注释：

①飞来峡：又名禺峡、中宿峡、清远峡，珠江水系干流北江河道中的三峡之一，为北江中下游的分界点。在北江三峡中最为险要。这里历史悠久，有“风光誉南国，古迹遍峡山”之说。清代文人商旅走水路大多选择经过此地北上。

②青芙蓉：李白有诗一首《登庐山五老峰》：“庐山东南五老峰，青天削出金芙蓉。”此处的青芙蓉就是援引此句。山峰像被青天削出的芙蓉花一样。

③壁立：像墙壁一样耸立，形容山崖石壁的陡峭。清钱泳《履园丛话·古迹·天台山》：“桃园之山，壁立万仞。”

④双阙：古代宫殿、祠庙、陵墓前两边高台上的楼观。唐吴融《送僧归破山寺》：“别来双阙老，归去片云间。”

⑤珠宫：指道院或佛寺。明梁有誉《峡山飞来寺》：“碧流环黛壑，琪树隐珠宫。”

⑥浈江：北江干流的上游段。

⑦罅（xià）：裂缝，缝隙。

⑧征蓬：比喻漂泊的旅人。

⑨沖（chōng）瀜：水深广的样子。宋王禹偁《合崖湫》：“合崖何嵌空，湫水何沖瀜。”

⑩须臾：顷刻，瞬间。

⑪窅窱（yǎo tiǎo）：同“窈窕”。深远貌。

⑫谷风：气象学上指白天从谷底吹向山顶的风。

⑬兰若：指寺院。梵语“阿兰若”的简称。意为寂静无苦恼烦乱之处。唐杜甫《谒真谛寺禅师》：“兰若山高处，烟霞嶂几重。”

⑭神工：指神人。

⑮浮山：山名。即包山、狮子山。在今浙江省杭州市西南。本屹立钱塘江心，宋元以来随着泥沙沉积，遂与北岸大陆连接。

⑯逃石：古大石名。传说石从他处逃来，故名。

⑰香台：烧香之台。佛殿的别称。

⑱轩辕：传说中的古代帝王黄帝的名字。

⑲萍蓬：萍浮蓬飘。喻行踪转徙无定。

⑳挂席：犹挂帆，指归乡。

酬[1]寔观察[2]见示出关诗集

商陆[3]频添梦不成，屠苏[4]小酌见深情。

醉披一卷皇华集，五夜吟声间漏声。

口衔天语[5]下壶关，迎面青苍万叠环。

从此鸡林声价重，日南[6]人识白香山[7]。

注释：

①酬：酬谢。文人雅士作诗唱酬。

②寔观察：寔国华，安徽霍邱人，前诗有注释。曾任肇罗道分巡道，俗称观察使。简称寔观察。

③商陆：一种中药，主要功效与作用为逐水消肿，通利二便，外用解毒散结。

④屠苏：古代一种酒名。古代汉族风俗于农历正月初一饮屠苏酒以避瘟疫。王安石《元日》：“爆竹声中一岁除，春风送暖入屠苏。”

⑤口衔天语：古代监察官员巡视地方代天巡视，口含天宪，代表皇帝。

⑥日南：西汉时期曾设立日南郡，东汉末年自立为林邑国，位于今天越南南

部一带。窦国华曾奉命出使越南。

⑦白香山：白居易(772—846)，字乐天，号香山居士，唐代伟大的现实主义诗人。

酬窦观察过访

又枉高轩慰索居①，秋风初起病相如。

论诗幸得窥全豹②，换酒何须解佩鱼③。

冰柱雪车④吟兴减，小山丛桂⑤宦情疏。

怀中赋草今犹在，惭愧殷勤问讯余。

注释：

①索居：离开人群独自居处一方。白居易《杨六尚书留太湖石在洛下借置庭中因对举杯寄赠绝句》："借君片石意如何？置向庭中慰索居。"

②窥全豹：窥一斑而知全豹的简称。比喻可以从观察的部分推测到全貌。

③佩鱼：唐朝五品以上官员所佩带的鱼袋。三品以上饰以金，五品以上饰以银。始于唐高宗永徽二年(651年)。宋并赐近臣，以别贵贱。

④冰柱雪车：原为唐朝韩愈弟子刘义的两首诗名，后用以赞美别人的诗文优美。

⑤丛桂：本指生于岩石上的桂树，后亦用指隐士。比喻淡泊名利。

送菊①柬窦观察

夕阳染江枫，寒潮泻潭影。蒲帆趁风利，瞥眼度千顷。

捩舵②回前湾，停桡③访幽境。寂寥百花田，櫹槮④万松岭。

苍涛卷黄叶，飘堕烟雨井。剧怜东篱花，耐此霜露冷。

知君爱晚节，风骨励忠鲠。持赠道匪遥，深情托毫颖[⑤]。

何时伴清尊[⑥]，共对秋容[⑦]靓。月上江天空，怀人夜逾永。

注释：

①送菊：陶渊明喜欢菊花，菊花在古代代表隐士。

②捩(liè)舵：掌舵。捩，扭转。

③桡(ráo)：桨，楫。

④橚(xiāo)椮(sēn)：草木茂盛的样子。

⑤毫颖：毛笔尖。犹笔端。

⑥清尊：酒器。亦借指清酒。

⑦秋容：秋色。

题锄月轩种梅诗

我昨梦上罗浮巅，振衣欲访梅花仙。

云关深锁不知处，但见铁桥飞磴相勾连。

忽闻仙人笑语拍我肩，与君一别千余年。

君今再世住瀛岛，可忆孤山风景犹眼前。

七星岩麓锄月轩，年来我自依青莲。

嘘我春风静且温，照我霁月清且妍。

广文先生[①]官虽冷，沽酒犹能分俸钱。

满檐风雪花烂漫，往往为我开琼筵。

兴酣落笔飞云烟，殷勤叠赠瑶华篇。

新诗一出和者百，冷香盈箧珠为编。

君来端水应识我，况复掞天阁下昕夕[②]相周旋。

颇闻赋诗有成约，经年未写乌丝笺。

我谢仙人愧鹿鹿，廿载轮蹄倦征逐。

凭谁为挽冰雪车，洗我胸中尘万斛。

朅[3]来一室守青灯，疏影横窗伴幽独。

自怜游迹类萍蓬，惭对硕人咏蓬轴。

今日逢君倒醽醁[4]，把酒为君歌一曲。

歌声遏云云欲停，天女散花花气馥。

此时仙人拂衣去，松下空余风谡谡[5]。

我亦梦觉天鸡鸣，披衣巡檐意枨触[6]。

君不见功甫[7]堂前三百本，又不见元章[8]图中万丛玉。

何如端江之涯开两株，各有清光照书屋。

坐对无言倚修竹，得此一夔吾意足。

只应还问谪仙人[9]，几世修来享清福。

十年种树今轮囷[10]，此是百花头上人。

何当与君拄杖四百三十二峰顶，饱看琼枝玉蕊不羡江南春。

注释：

①广文先生：明清时期对学官的俗称。此处指时任肇庆府教授李实，字世名，号充之，新会人。乾隆乙卯进士，有《锄月轩诗钞》。

②昕夕：本意是朝暮，引申为整天。清俞樾《茶香室三钞·巫娥月妹》："故寓其旁，昕夕歌舞。"

③朅(qiè)：去；离去。

④醽醁(líng lù)：美酒名。

⑤谡(sù)谡：此处形容风声呼呼作响。

⑥枨(chéng)触：触动，感动。

⑦功甫：宋人郭功甫，苏轼至交好友。

⑧元章：米芾，字元章，北宋书法家。

⑨谪仙人：指李白。

⑩轮囷(qūn)：枝繁叶茂。

吴诒沣

吴诒沣，字泽在，号华川，桐城人。乾隆庚寅举人，壬辰进士，历任江西靖安、安福、永宁、赣县知县，以卓异升云南大关同知，署景东厅。值民变，犷悍不知法，诒沣化之以德，民气以淳，捐立书院与其俊秀者讲读其中。后署澂江府，以公罣官归。所著古文三集，诗十四卷。主讲端溪书院三年，嘉庆十七年(1812年)终于院。

九月二十七日端溪书院作

强健犹能胜食眠，不妨节钺[①]羡神仙。
曲池高阁亲鱼鸟，虚竹幽兰想性天[②]。
浴口[③]径看三岛外，御风[④]须上七星巅。
汉阴本是忘机[⑤]客，抱瓮翻迟四十年。

注释：

①节钺(yuè)：符节与斧钺。古代授予官员或将帅，作为加重权力的标志。

②性天：犹天性。谓人得之于自然的本性。

③浴日：太阳初从水面升起。唐张说《奉和圣制初入秦川路寒食应制》："香

池春溜水初平，预慉浴日照京城。”

④御风：乘风飞行。宋苏轼《前赤壁赋》：“浩浩乎如冯虚御风，而不知其所止。”

⑤忘机：道家语，意为消除机巧之心。常用以指甘于淡泊，忘掉世俗，与世无争。

庚午十月二十二偕诸生小集五峰园作

蹀躞[①]花骢[②]人上都，星岩月榭冷菰蒲[③]。
每思泛菊作重九，便拟寻春到舞雩[④]。
俎豆[⑤]只缘存正气，江山亦合助吾徒。
要将真迹留王宰，咫尺应成水石图[⑥]。

注释：

①蹀躞(dié xiè)：小步走路。古乐府《白头吟》：“蹀躞御沟上，沟水东西流。”

②花骢(cōng)：五花马。

③菰蒲(gū pú)：菰和蒲，借指湖泽。

④舞雩(yú)：台名。是鲁国求雨的坛，在现在曲阜市南。古代求雨祭天，设坛命女巫为舞，故称舞雩。雩，古代求雨的一种祭祀。综合文献记载来看，舞雩台是孔子及其弟子经常游憩之所，也是历来士人游春的处所。

⑤俎(zǔ)豆：古代祭祀、宴飨时盛食物用的礼器，亦泛指各种礼器。后引申为祭祀和崇奉之意。

⑥水石图：宋代赵文曾作《水石图赞》：“故园松菊，归步月明。萧然独往，百世之英。”

窦霁堂观察新葺五峰园于宝月台西隅，游人赋诗，缀以八景依韵和之

星岩巘巘[1]罢登临，来叩禅关落照深。
径取蓬莱当户牖，果宜骢马作园林。
城隅惯见神仙宅，天际还闻钟磬音。
剧喜风流振江北，砚沙依旧抱冰心。
结构真看一棹横，沧浪犹似在山清。
任渠万斛推牛起，浅水芦花定不惊。
佛台南畔月常盈，一碧澄潭万景清。
不用摩尼[2]相照耀，金盆潋滟总光明。
略彴通曲槛边，引来濠濮[3]即欣然。
泾泥数斗渠为雨，况复歌声在野田。
竹树周遮水一湾，朝朝亭畔鹤飞还。
溯洄唯有清心在，共说星山似岘山。
闻道仙居乐绛霄，寻芳兼欲避尘嚣。
璇玑洞口来青意，识是东风草色遥。
仿佛余杭绕郭荷，勾留白傅[4]乐如何。
水南水北田田叶，莫唱分飞翡翠歌。
栎拳樗肿[5]翠云垂，菱叶荷花杂渼[6]陂[7]。
若比蟠桃蟠度索[8]，不嫌华实最年迟。
三壶[9]风引七星前，为劚[10]云根[11]断复连。
寄语香炉峰畔老，芙蓉句拟谪仙传。

注释：

①巀嶪(jié yè)：高耸。

②摩尼：梵语宝珠的译音。

③濠濮：濠和濮，古代水名，濠是濠水，濮是濮水，有成语为“濠濮间想”，意思为闲适无为，潇洒脱俗。

④白傅：即白居易。

⑤栎拳樗肿：指树木粗壮茂盛。栎，栎树，通称橡树。樗(chū)，樗树，即臭椿。

⑥渼：波纹。

⑦陂(bēi)：池塘。

⑧度索：传说中的山名。《海外经》曰：东海中有山焉，名曰度索，上有大桃树，屈蟠三千里，裴骃谓蟠木即此也。

⑨三壶：传说中的海上三神山。方丈、蓬莱、瀛洲的合称。

⑩劚：挖掘。

⑪云根：深山云起之处。

李凤冈同年以闰月十日邀饮宝月台，赋诗奉谢兼呈张思斋太守①暨高要孙明府②

未歇湘江雨，焉留粤岭春。高台标净域③，暇日趁游人。
鹤翅冲霄惯，鸥心到海驯。共能尘外赏，清宴不辞频。
谢公初着屐④，宓子总鸣琴⑤。复此清和月，相知岂弟心。
神仙丹嶂外，城郭绿榕阴。湛湛珠还浦，娟娟月满岑⑥。

注释：

①张思斋太守：指肇庆知府张纯贤。

②孙明府：指时任高要知县甘肃人孙海观。

③净域：佛学术语，指诸佛之净土。

④谢公初着屐：谢公屐，指谢灵运(385—433)登山时穿的一种活齿木鞋。鞋底安有两个木齿，上山去其前齿，下山去其后齿，便于走山路。

⑤宓子总鸣琴：宓子，《吕氏春秋·察贤》："宓子贱治单父，弹鸣琴，身不下堂而单父治。"咏官吏善于管理。

⑥岑：小而高的山。

雨中望七星山即席奉呈二律

野色忽向尽，诸岩皆白云。水声银汉落，石气①鼎湖分。
高咏黍苗②句，永怀鸥鹭群③。春江平到岸，畦械漫辛勤。
寺古多乔木，筵长列俊才。送春真到海，看雨不停杯。
石室飞虬④去，蓑衣牧犊回。使君有骢马，更莫漏声⑤催。

注释：

①石气：环绕山石的雾气。元虞集《赋石竹》："龙嘘石气千年润，鹤过林阴一径斜。"

②黍苗：《黍苗》，《诗经·小雅》中的一篇，是宣王时徒役赞美召穆公(即召伯)营治谢邑之功的作品。

③鸥鹭群：比喻僚友。又，《列子·黄帝》："海上之人有好沤鸟者，每旦之海上，从沤鸟游，沤鸟之至者百住而不止。其父曰：'吾闻沤鸟皆从汝游，汝取来，吾玩之。'明日之海上，沤鸟舞而不下也。"指人无巧诈之心，异类可以亲近。后比喻淡泊隐居，不以世事为怀。

④虬(qiú)：虬龙；古代传说中的无角龙。

⑤漏声：古代计时器滴水的声音。

五峰园

荦石得奇品，山真覆篑①成。惊为五老②集，笑与七星迎。

秋水③藕花④白，夕阳榕树明。莫教风引去，荒忽厕⑤蓬瀛⑥。

注释：

①覆篑(kuì)：倒一筐土。谓积小成大，积少成多。见《论语·子罕》："譬如平地，虽覆一篑，进，吾往也。"宋范仲淹《上执政书》："夫天下祸福，如人家道，成于覆篑，败于疾雷。"

②五老：神话传说中的五星之精。五老君是早期道教尊奉的五位天神：东方安宝华林青灵始老君(简称青灵始老苍帝君)，南方梵宝昌阳丹灵真老君(简称丹灵真老赤帝君)，中央玉宝元灵元老君(简称元灵元老黄帝君)，西方七宝金门皓灵皇老君(简称皓灵皇老白帝君)，北方洞阴朔单郁绝五灵玄老君(简称五灵玄老黑帝君)。此五位天神，盖源于古之五帝传说。

③秋水：秋天的江湖里的水。

④藕花：即荷花。唐孟郊《送吴翱习之》："新秋折藕花，应对吴语娇。"宋李清照《如梦令》："兴尽晚回舟，误入藕花深处。"

⑤厕：通"侧"，边侧，或隐蔽之处。

⑥蓬瀛：蓬莱和瀛洲。神山名，相传为仙人所居之处。亦泛指仙境。

吴诒洋

庚午嘉平[①]三日，李子容远馈嘉鱼，为纪以诗

海南嘉鱼世味无，冰花细嚼成肌肤。
雪霜不到但江雾，冥[②]出那屑牵菰蒲[③]。
岩深洞窈石齿齿[④]，宅幽疑共蛟龙居。
径须数罟巧相伺，挺叉设饵空踟蹰[⑤]。
李生远致充鲜腴，五十里外渔人渔。
为言朔望[⑥]乃可得，何以贯之柳与榆。
忆昨暂绾牂牁[⑦]符，康良泼泼[⑧]星云湖。
食之无味等鸡肋，垂涎长在秋风鲈。

注释：

①嘉平：腊月的别称。

②冥：形容昏暗。

③菰蒲：借指湖泽。南唐张泌《洞庭阻风》："空江浩荡景萧然，尽日菰蒲泊钓船。"

④齿齿：排列如齿状。

⑤踟蹰(chí chú)：徘徊；心中犹疑，要走不走的样子。

⑥朔望：朔日和望日。旧历每月初一日和十五日。亦指每逢朔望朝谒之礼。

⑦牂牁(zāng kē)：此处代指船只停泊时用以系绳的木桩。

⑧泼泼：鱼甩尾声。

谢兰生

谢兰生(1760—1831)，字佩士，号澧浦，又号里甫，南海人。嘉庆七年(1802年)进士，改翰林院庶吉士。以亲老告归，不复出，先后主讲粤秀、越华、羊城、端溪等书院。工诗画、酷嗜古文。著有《常惺惺斋诗集》《北游记略》等。

挽冯鱼山[1]前辈

阆苑[2]仙人风倒吹，重游五岳去如驰。
曹司[3]暂引星辰上，庐墓[4]长街石关悲。
海有夜珠归大集，天留一席作经师[5]。
含哀忍踏龙门路，萎艳虬松未老枝。

注释：

①冯鱼山：即冯敏昌，字伯求，号鱼山，乃粤东四家之一。

②阆(làng)苑：即阆风之苑，传说仙人住处。

③曹司：掌管天司者。

④庐墓：即坟墓。

⑤经师：通读经书的老师，指冯鱼山。

谢兰生

咏史

我生三十年，曾读汉魏史。我读汉魏史，仰止[①]习凿齿[②]。
谓魏为正统，蜀乃以寇视。茫茫数百载，谁复能议此。
赖公发聋聩[③]，大声震里耳[④]。独帝汉昭烈[⑤]，分别冠与履。
天道以不丧，人心以不死。煌煌良史才，下启紫阳子。

注释：

①仰止：仰望，向往。

②习凿齿：东晋著名史学家。其《汉晋春秋》述评三国史时，以蜀汉为正统，并认为晋虽受魏禅，但应继承汉祚，形成了一种新的封建正统史观。

③发聋聩：指提出季汉为正统。

④里耳：俚俗人之耳。

⑤汉昭烈：即刘备，字玄德，蜀汉先主。

自花埭至羚羊峡(其一)

又被饥驱出，藏名悔不深。
生涯举子业，杯酒故人心。
花坞[①]辟香径，客船依野阴[②]。
晚风留宴赏，沙渚[③]有归禽。

注释：

①花坞：四周如屏中植花者为花坞。

②阴：通“荫”，荫蔽。

③沙渚：沙洲，水中小块陆地谓之渚，这里应该指砚洲岛。

宿庆云寺

舣舟一涉清凉国[1]，何日长栖宝树林[2]。
得住且宽三宿戒[3]，暂留仍抱未安心。
九霄花雾通呼吸，彻夜龙泓[4]和啸吟。
二百阇黎[5]知享福，住山从不厌山深。

注释：

①舣舟一涉清凉国：意谓停船一游鼎湖山。舣舟，泊船岸边。涉，涉足，游览。清凉国，形容山水清凉。

②宝树林：原指西天净土上的树林。此处借指佛寺所在地。

③得住且宽三宿戒：表示对此处的留恋。三宿戒，《后汉书·襄楷列传》："浮屠(价人)不三宿桑下，不欲久生恩爱，精之至也。"

④龙泓：指瀑布。

⑤阇(shé)黎：梵语，高僧，也泛指僧人。

下山再赋二首

万本松杉千笏石，百重云水一声钟。
静中参透三幡[1]义，莫问南宗与北宗。
客心[2]不及澄潭水，飞落青天未出山。
牢记断崖千尺雪，归图纨扇画屏间。

注释：

①三幡：道家谓色、空、观三者最易摇荡人心，故以三幡为喻。晋孙绰《游天台山赋》："释二名之同出，消一无于三幡。"

②客心：旅人之情，游子之思。唐韩翃《和高平朱参军思归作》：“一雁南飞动客心，思归何待秋风起。”

题三闾大夫[1]《离骚》后

瓦釜既用事，黄钟故应弃[2]。众醉乃独醒，尤为同列忌。
主听复不聪，孤臣数益穷。疏后旋见谪，谁能鉴其衷。
《卜居》以明心，《离骚》以寄慨。终与汨罗沈，朴忠何由遂。
至今沅湘间，悲风绕荒寺。

注释：

①三闾大夫：屈原。

②瓦釜既用事，黄钟故应弃：此句出自屈原《楚辞·卜居》：“世混浊而不清，蝉翼为重，千钧为轻；黄钟毁弃，瓦釜雷鸣；谗人高张，贤士无名。”黄钟，黄铜铸的钟，我国古代音乐有十二律，阴阳各六，黄钟为阳六律的第一律；毁，毁坏；弃，抛弃。比喻贤人遭受排斥。黄钟被砸烂并被抛置一边，而把泥制的锅敲得很响。比喻有才德的人被弃置不用，而无才德的平庸之辈却居于高位。

张岳崧

张岳崧(1773—1842)，字子骏，又字翰山、澥山，号觉庵、指山。广东定安人，今海南省定安县龙湖镇高林村人。官至湖北布政使(从二品)。与丘濬、海瑞、王佐并誉为海南四大才子。嘉庆辛酉(1801 年)科以品优被荐为优贡，入广州越秀书院读书，与书院主讲冯鱼山先生登广州镇海楼赋诗《登镇海楼》，深受冯鱼山先生赏识。甲子(1804 年)科举人，己巳(1809 年)科殿试一甲第三名进士，成为海南在科举时代唯一的探花。嘉庆二十年(1815 年)出任端溪书院山长，任期一年。

早游宝月台望七星岩

侵晨①发城隈②，篮舆③陟④曾阜⑤。朝曦散乌雀，澹霞薄林薮⑥。
依冈一再成，俯池六九亩。密林映石发⑦，澌流⑧涩溪口。
延台循旧术，瞩壁削新剖。阡旭荡平旷，岩云郁昏黝⑨。
青碧嵌巉岩⑩，梵宇⑪杂户牖⑫。于外宫屜㕒⑬，叠复骈指拇。
造物工雕锼⑭，登临得幽眑⑮。归途发遐心⑯，愿从烟霞叟⑰。

注释：

①侵晨：拂晓。天快要亮的时候。

②城隈(wēi)：城内偏僻处。

③篮舆：竹轿。

④陟：攀登。

⑤曾阜：层叠的山丘。

⑥林薮(sǒu)：山林与泽薮，比喻草木茂盛的地方。清方文《送薪行·答胡公峤》："侵晨持斧出，刈薪向林薮。"

⑦石发：生于水边石上的苔藻。

⑧澌流：水流。

⑨昏黝：犹昏暗，昏黑。明刘基《发白沙至水口》："总辔登前岭，烟云尚昏黝。"

⑩巉(chán)岩：陡峭的山岩。唐李白《北上行》："磴道盘且峻，巉岩凌穹苍。"

⑪梵宇：佛寺。

⑫户牖：门窗。指民户。

⑬崔嵬(zuī wēi)：高而险的山峰。

⑭雕锼(sōu)：雕刻。

⑮幽眑(yǎo)：幽静深远的样子。

⑯遐心：避世隐居之心。

⑰烟霞叟：隐逸山林的老者。

温泉[①]

秦冢今何在，唐宫迹已虚。
玉池羞粉黛[②]，金碗出邱墟。
故事[③]空千载，清泉尚一渠。
振衣[④]聊眺望，山色又征车[⑤]。

注释：

①温泉：即温泉宫，天宝六载(747年)改名华清宫，在今陕西临潼南骊山上。玉池，即华清池。张岳崧曾任陕西乡试主考，凭吊历史遗迹。

②粉黛：指年轻貌美的女子。

③故事：过去的事情。此处指唐明皇与杨贵妃的故事。

④振衣：整理衣服，抖去衣服上的风尘。晋陆机《招隐诗》："明发心不夷，振衣聊踯躅。"

⑤征车：远行人乘的车。此处指宦游之人。

涿州早发[①]

月华露叶望微茫[②]，马色鸡鸣破晓凉。
天上觚棱[③]如梦远，故园风景与愁长。
招邀却喜逢贤主，城市[④]犹能说古皇[⑤]。
南去关河[⑥]多胜概，惭无佳咏壮归装。

注释：

①涿(zhuō)州：今河北省中部。在清代涿州属顺天府。张岳崧高中探花后志得意满，但后来因编纂《明鉴》按语不合朝廷意旨，被革职南归广州，受两广

总督阮元邀请主讲于越秀书院。这首诗很可能就写于诗人南归之初。诗人身处凄凉的境地，不禁悲从中来，离京城渐远，不知何时能回，所以觉得如梦远。

②微茫：迷漫而模糊，形容破晓时的天色。

③觚(gū)棱：殿角飞檐，借指京城。

④城市：相对深山隐居之地。

⑤古皇：亦称“古皇氏”。传说中的有巢氏，指贤君。

⑥关河：关山江河。

汉延熹①华山碑②拓本次朱竹君③先生韵为梁茝林④中丞题

华碣⑤巍巍并岳峙，赤文绿字难可磨。

坤维⑥一震石夜走，楮本⑦犹得供摩挲⑧。

四明⑨完帧幸披览，椒华吟舫⑩频相过⑪。

长垣一纸入王邸，如鼎峙足⑫传无讹。

书者蔡郭颇聚讼，徐记洪释⑬互切劘⑭。

集灵⑮望仙此所纪，监掾⑯市石何殊科⑰。

遗文祀志考礿祭⑱，古物石鼓尊臼窠⑲。

当时建武⑳礼从省，侯维安图铭可哦。

二千石主是秩望㉑，坛场㉒共肃陈舞歌。

歆㉓芳禳札㉔民所悦，吉祥拏敛㉕仍骈罗㉖。

丰碑特纪延熹岁，京兆钦若㉗爰磨瑳。

此碑焜赫㉘照岩麓，樵牧或被灵之诃㉙。

宜峙万古通沆瀣㉚，金天神宅居同那。

夫何陵谷秘奇迹，变迁岁月如流波。

仅传毡蜡[31]自赵宋，奚翅[32]古乐聆云和[33]。
曾闻郭髯[34]逮山史，佐史装制文无颇。
笥河主人[35]号精博，什袭宝笈[36]森嵯峨[37]。
羽人[38]古异出仙骨，毛女[39]婉嫕[40]回霜娥[41]。
莲华十丈开玉井，影落纸墨香痕多。
中丞嗜古富搜讨，对此据案欣研摩。
千金市骏[42]有奇癖，传观众口咸呵呵。
古色斑驳压万碣，墨痕光泽烦千螺。
名花供养俪彝鼎[43]，秘文璀璨同斗蝌。
有明迄今盛款识，国初诸老观婆娑。
宝兰堂增希世宝，恍忆登华披烟萝[44]。
观碑何须匹马驻，移石奚用千牛驮。
点画上追峄山石[45]，波磔[46]卑视虞家戈[47]。
此本示我得古法，如导星宿探黄河。
公携此册历桂筦，精气远耀光自他。
愿公巨笔摹百本，南云寄我情如何。

注释：

①延熹：汉桓帝刘志年号。

②华山碑：全称《西岳华山庙碑》，延熹四年(161年)四月刻，是汉碑隶书成熟时期的代表作之一。

③朱竹君：名筠，大兴人，字美叔，又字竹君。乾隆十九年(1754年)进士，官至安徽学政。清代著名学者。

④梁茝(chǎi)林：名章钜，字闳中，又字茝林，号茝邻，晚号退庵，福建福

州人。曾任江苏布政使、甘肃布政使、广西巡抚、江苏巡抚等职。

⑤华碣：华山碑。

⑥坤维：大地中央。这句是说华山碑在明嘉靖三十四年(1555年)时毁于地震。

⑦楮(chǔ)本：楮，宣纸的原料，古时亦作纸的代称。这里指拓本。

⑧摩挲：用手抚摸。

⑨四明：《华山碑》传世拓本有四种：长垣本、华阴本、四明本、顺德本。

⑩椒华吟舫：清朝朱筠的藏书楼，又作“椒花吟舫”“淑花吟舫”。

⑪相过：相互往来。

⑫如鼎峙足：意为华山碑长垣本收入宫中后，其余三种拓本如三足鼎立。

⑬书者蔡郭、徐记洪释：因碑末有“郭香察书”四字，有认为是“郭香察”书的，也有认为“郭香”察莅他人之书的，更有唐徐浩《古迹记》直指为蔡邕所书，“察书”者为郭香。宋洪适《隶释》沿用徐说。近世学者基本上以书者为郭香察说法为是。

⑭劘(mó)：切削。

⑮集灵：宫殿名。为皇帝祀神、求仙之所。

⑯监掾(yuàn)：官署属员。当时买石者是京兆尹监都水掾霸陵杜迁。

⑰殊科：不同。

⑱礿(yuè)祭：古代祭名。

⑲臼窠(jiù kē)：比喻陈旧的格调。

⑳建武：东汉光武帝刘秀年号。

㉑秩望：官位和声望。

㉒坛场：古代举行祭祀、继位、盟会、拜将等大典的场所。

㉓歆(xīn)：祭祀时鬼神享用祭品的香气。

㉔禳札(ráng zhá)：祈祷的祭文。

㉕揫(jiū)敛：聚集。

㉖骈罗：骈比罗列。

㉗钦若：敬顺。

㉘焜(kūn)赫：焜，明亮。赫，显著。形容名声很大。

㉙诃：怒责。

㉚沆瀣(hàng xiè)：夜间的水汽、露水。

㉛毡蜡：拓碑的一个步骤。

㉜奚翅：何止；岂但。

㉝云和：乐器名，即云和瑟。

㉞郭髯：郭畀(bì)，元代书法家，蓄有长须，人称郭髯。

㉟笥(sì)河主人：指朱筠，学者称其为笥河先生。

㊱什袭宝笈：收藏的珍贵书籍。

㊲嵯峨：形容盛多。

㊳羽人：神话中的飞仙，与其他的仙人不同，有翅膀。

㊴毛女：神话中的仙女，形体生毛。

㊵婉嫕(wǎn yì)：亦作“婉瘱”，意指温顺娴静。

㊶霜娥：神话中的霜雪之神，亦称青女。

㊷千金市骏：原为燕昭王用千金购千里马以求贤的故事。此处借指梁茝林中丞重金求购《华山碑》拓本。

㊸彝鼎：泛指古代祭祀用的鼎、尊、罍等礼器。

㊹烟萝：草树茂密，烟聚萝缠，谓之“烟萝”。借指幽居或修真之处。

㊺峄(yì)山石:《峄山碑》,是秦始皇二十八年(公元前219年)东巡时所刻。

㊻波磔(zhé):书法术语,汉字书法的撇捺。

㊼虞家戈:典出"虞戈高妙"的故事,这里指虞世南的书法。

阅江楼饯别聂心如[①]主政[②]

别意不可绘,登楼江水长。阅江江上月,送君归潇湘[③]。

白露下洞庭,君归理轻航。蒲帆[④]百余尺,乘风来帝乡[⑤]。

承明[⑥]巢旧痕,容台[⑦]含新香。君本天上槎,偶泊南海傍。

宝筏得济度[⑧],烟艇[⑨]颇徜徉。况复红叶诗[⑩],矫矫乘龙郎。

此游固适意,况乃遗迹芳。江水在君腹,江月照君肠。

耿耿[⑪]不可极,阅江江苍茫。

注释:

①聂心如:名镜敏,号心如,字泰开。乾隆丁巳恩科进士。曾于江西叆峰书院、湖南昭潭书院、两广端溪书院任讲席。

②主政:旧时各部主事的别称。聂心如曾任礼部仪制司主事。

③潇湘:湘江与潇水的并称。多借指今湖南地区。

④蒲帆:指用蒲草织成的船帆,此处指船只。

⑤帝乡:京城。

⑥承明:汉有承明庐,为朝官值宿之处。这里借指聂心如入朝做官经历。

⑦容台:礼部的别称。

⑧济度:渡水到达彼岸,这里引申为聂心如帮助学子解除困厄。

⑨烟艇:烟波中的小舟。可以理解为得到济度的学子。

⑩红叶诗:相传唐朝时无数的上阳宫女题诗红叶,抛于宫中流水寄怀幽情。

⑪耿耿：这里是明亮、显著、鲜明的意思。

对月

凉月澹薄帏[①]，出帏见清辉。树荫落庭静，秋萤度阶迟[②]。

清景入襟袖，流光嗟芳菲。叹息苦羁旅，吟与虫声微。

箫鼓沸城隅，人语声喧卑[③]。皎月独照我，人帏相依依。

叶露轻滴响，流萤澹粘衣。独坐觉忘寐，搔首情踟蹰[④]。

注释：

①帏：帐子、帘幕。

②迟：形容慢。

③喧卑：喧闹、低下。

④踟蹰（chí chú）：徘徊不定。

晚眺

斜阳挂树杪[①]，晼晚[②]入吾门。孤烟背归鸦，去市云水郁。

水郁复云郁，望远劳予魂。赤霄[③]有鹤声，六合[④]难为樊[⑤]。

注释：

①树杪（miǎo）：树梢。唐王维《送梓州李使君》："山中一夜雨，树杪百重泉。"

②晼（wǎn）晚：太阳偏西，日将暮。《楚辞·九辩》："白日晼晚其将入兮，明月销铄而减毁。"

③赤霄：极高的天空。《淮南子·人间训》："背负青天，膺摩赤霄。"

④六合：上下和东西南北四方，即天地四方，泛指天下或宇宙。李白《古

风》："秦王扫六合，虎视何雄哉！"

⑤樊：樊篱，篱笆。

峡山寺追次苏韵

石势门水立，古碧摇清湾。不知山寺高，俯首苍孱颜①。
寒雨暗木叶，暮云闲往还。听泉识道心②，窥潭亦禅关③。
我生走湖颍，洗眼佳江山。安知奇秀钟，招我家园闲。
南陔归去来，负郭山水环。兹游亦幻相，留诗赠烟鬟④。

注释：

①孱颜：此处指高峻的山岭。苏轼《峡山寺》："天开清远峡，地转凝碧湾。我行无迟速，摄衣步孱颜。"

②道心：指天理，义理。宋叶梦得《避暑录话》卷上："道心者，喜怒哀乐之未发者也。"清王夫之《张子正蒙注·大心》："其直指人心见性，妄意天性，不知道心，而以惟危之人心为性也。"

③禅关：比喻悟彻佛教教义必须越过的关口。清龚自珍《夜坐》："万一禅关砉(xū)然破，美人如玉剑如虹。"

④烟鬟：喻云雾缭绕的峰峦。宋苏轼《凌虚台》："落日衔翠壁，暮云点烟鬟。"

谒包孝肃祠

百代端江①水，风流尚此台②。砚沈潭碧甃，人去月徘徊。
翠竹依崖细，清池拂槛开。星岩旧游处，精魄可重来。
一笑何清比，高名震古今。建储关国本③，邀福岂臣心。

品自韩欧[4]匹，情缘惠爱深。端州遗迹在，怅望独登临。

注释：

①端江：指西江。

②台：指宝月台。

③建储关国本：此句说的是包拯曾经反对宋仁宗立养子为太子，而是主张将皇位归还太祖一系。

④韩欧：指韩愈和欧阳修。

夜坐

微雨浣残溽，荧镫耿深宵。闲阶上熠燿[1]，晚条聆秋蜩[2]。

静景物与适，幽襟谁为描。一编数缙覆，聊与忙清寥。

注释：

①熠燿：借指萤火虫。

②秋蜩(tiáo)：秋蝉。

赵敬襄

赵敬襄，字司万，又字随轩，号竹冈，江西奉新人。十五岁时乡试中举，嘉庆四年(1799年)进士，选庶吉士，改吏部主事。嘉庆九年(1804年)假归，历主江西南平、琴台、岐峰，广东端溪、丰山等书院。有《赵太守竹冈斋集》传世，其中收其著作十部。

哀周渭川

渭川，名伟，琼山人，力学有文，年三十一。嘉庆庚辰(1820年)正月二十六日，以血疾卒于家。予久不作诗，闻渭川之卒，不能已，成是数言邀知渭川者同作，以写予哀。

寒毡①四载镇相从，词藻翩翩笔札②工。

优行已曾甄③学使④，早年奚乃促天公。

青灯⑤母老衰谁倚，黄口⑥儿佳怙⑦竟空。

我愧成连刺船⑧晚，海波汩没⑨思何穷。

注释：

①寒毡：形容寒士清苦的生活。

②笔札：写作、书写，借指文章、书画。

③甄：甄选、甄录。

④学使：即学政。所谓学政，是提督学政的简称，又叫督学使者。是清中叶以后，派往各省，按期至所属各府、厅考试童生及生员的官员。均从翰林院或进士出身的官吏中指派，三年一任。不问本人官阶大小，在充任学政时，与巡抚、巡按等平行，都是三品。

⑤青灯：光线青荧的油灯，借指孤寂、清苦的生活。

⑥黄口：典故名，典出《淮南子》卷十三《泛论训》。本指雏鸟的嘴，借指儿童。古代户役制度称小孩为黄，隋代以不满三岁的幼儿为黄，唐代以刚生的婴儿为黄。后来，十岁以下儿童皆泛称为“黄口”。

⑦怙(hù)：依靠；仗恃。

⑧刺船：撑船。

⑨汩(gǔ)没：埋没。

哀韩生蔚庭

韩生文起，字蔚庭，湖南风皇厅人，未冠，补诸生，随父肇庆协都司署，来问学者有年。父擢[①]儋州游击，随往儋过琼州，哭周渭川。去年父假归，八月十八日卒于琼山旅次，年二十四，其父哭之恸。既渡海，未几卒于肩舆中。呜呼！生实隽材，气质过于沉静，余每以发扬规之，不期竟止于此，命也。如何余以新正闻耗，忍不作诗。今展端坐，秋风萧飒，有触于中，依周渭川韵，成兹数语，更不敢乞同人属和，恐益予悲耳。道光癸未(1823年)七月十一日。

身世由来泡影[②]中，独嗟钟毓[③]费天工。

沉珠业已伤吾子，泣玉何堪继乃公。

聚散因缘知有定，云霄属望[4]竟成空。

可怜摧折丹山[5]翼，竹碎桐枯憾未穷。

注释：

①擢（zhuó）：提拔。

②泡影：佛教用以比喻事物的虚幻不实，生灭无常。后比喻落空的事情或希望。宋苏轼《六观堂老人草书诗》："方其梦时了非无，泡影一失俯仰殊。"

③钟毓：钟灵毓秀。

④属（zhǔ）望：期待；期望。

⑤丹山：南方当日之地。指南方。南朝梁江淹《水上神女赋》："非丹山之赫曦，闻琴瑟之空音。"

暮秋[1]

衮衮烟埃[2]纷大道，萧萧庭院似空林。

未如摩诘能多病[3]，不必昭文更鼓琴[4]。

万里西风吹鬓影，十年尘梦起秋心[5]。

欲将樽酒酹[6]黄菊，嫩蕊疏枝总不禁。

注释：

①暮秋：深秋，农历九月。

②烟埃：指云烟雾气。

③未如摩诘能多病：此句出自佛教典故。摩诘，梵语维摩诘的省称。意译为"净名"或"无垢称"。《维摩经》中说维摩诘是一位大乘居士，和释迦牟尼同时，善于应机化导。

④不必昭文更鼓琴：此句出自《庄子》中昭文鼓琴的故事。

⑤秋心：秋日的心绪。多指因秋来而引起的悲愁心情。唐鲍溶《怨诗》："秋心还遗爱，春貌无归妍。"

⑥酹(lèi)：把酒浇到地上，表示祭奠。

咏昭君①

汉宫佳丽盈洞房，罗帷绣阁垂明珰②。
批图③岂比见面易，孝元④行事真乖张。
秋殿平明违奉帚⑤，顾影徘徊动左右。
策士群推娄奉春⑥，画工枉杀毛延寿⑦。
贤贤自古称易色，色且不知安问德。
政君馔食文母堂⑧，不必蛾眉始倾国。

注释：

①昭君：指王昭君。

②珰：妇女戴在耳垂上的装饰品。

③批图：画像。

④孝元：汉元帝刘奭，汉宣帝刘询之子，公元前49—前33年在位。

⑤奉帚：持帚洒扫。多指嫔妃失宠而被冷落。

⑥娄奉春：指娄敬，因刘邦赐姓改名刘敬，西汉初齐国人。娄敬作为齐国的戍卒，正被发往陇西戍边，同乡虞将军引荐他见刘邦，力陈都城不宜建洛阳而应在关中。刘邦疑而未决，张良明言以建都关中为便，遂定都长安。后赐姓刘，拜为郎中，号奉春君。

⑦毛延寿：西汉元帝时宫廷画师。元帝时，后宫既多，不得常见。乃令画工图其形，按图召幸之。诸宫人皆赂画工，多者十万，少者不减五万。唯王嫱不

肯，遂不得召。后匈奴求美人为阏氏，上按图召昭君行。及去召见，貌美压后宫。占对举止，各尽闲雅。帝悔之，而业已定。帝重信于外国，不复更人。乃穷案其事，画工皆弃市。

⑧政君：王政君(公元前71—13年)，今河北省大名县人。西汉元帝刘奭的皇后，汉成帝刘骜的生母，阳平侯王禁的女儿。她大力提拔王氏子侄，支持侄子王莽出任大司马、录尚书事，把持朝政大权。王莽篡位建立新朝，尊其为新室文母皇太后。

将入都作二首

一

无可如何又束装①，闲云空锁謓②书窗。
十年归计心难惬，三月官曹③气早降。
良友勉思麟阁④画，故人跂望⑤碧油幢⑥。
那知疲马愁鞭策，怕听严城⑦晓鼓逢。

二

樽酒匆匆笑口开，无多志事⑧日摧颓。
千秋地望菱花⑨影，一寸名肠蜡炬灰。
谁是杜陵瞻北斗，更惭束晳⑩补南陔⑪。
公清不少铨曹笔，滥吹何因到菲材⑫。

注释：

①束装：整理行装，准备出发。

②謓(chēn)：同“嗔”，怒。

③官曹：官府衙门。

④鬨(hòng)：同"哄(閧)"，争斗。

⑤跂(qǐ)望：期待、远望。

⑥碧油幢：青绿色的油布车帷。南齐时公主所用，唐以后御史及其他大臣多用之。

⑦严城：戒备森严的城池。唐皇甫冉《与张谭宿刘八城东庄》："寒芜连古渡，云树近严城。"

⑧志事：抱负。王勃《守岁序》："悲夫年华将晚，志事寥落。"

⑨菱花：指菱花镜。亦泛指镜。李白《代美人愁镜》诗之二："狂风吹却妾心断，玉箸并堕菱花前。"

⑩束皙：字广微，今河北大名人，西晋文学家。博学多闻，性沉退，不慕荣利。

⑪南陔：《诗·小雅》篇名。

⑫菲材：亦作"菲才"。浅薄的才能。多用作自谦之词。

遣意[1]

不为征鞍髀肉[2]消，骡车兀坐[3]久摇摇。
新诗冷淡作生活，残云侵寻过暮朝。
试问饥驱穷曼倩[4]，何如画卧懒边韶[5]。
蔑魂只解依亲侧，姊妹团圆酒一瓢。

注释：

①遣意：指写文章、说话时的构思立意。也指自己的心境。

②髀(bì)肉：大腿上的肉。白居易《题裴晋公女几山刻石诗后》："战袍破犹在，髀肉生欲圆。"

③兀坐：独自端坐。唐戴叔伦《晖上人独坐亭》："萧条心境外，兀坐独参禅。"

④曼倩：东方朔，字曼倩，西汉时期著名文学家、辞赋家。

⑤边韶：字孝先，陈留郡浚仪县人。颇有口才，才思敏捷。汉桓帝时，任临颍侯相，征拜大中大夫，在东观从事著作。再升北地郡太守，入朝授尚书令，出为陈国相，死在任上。有"边韶昼眠"的典故。

赠远窗[1]

十日晴和[2]慰旅羁[3]，连晨甘受雪霜欺。

天心自兆丰穰庆，我意深怀淬厉[4]私。

山为寒余留峻骨，梅因冻后发繁枝。

佗年珠翠长乐夜，愿子无忘在莒时[5]。

注释：

①窗(cōng)：屋阶的中央交会处，此处代指同窗。

②晴和：天气晴朗，气候温和。

③旅羁：亦作"羁旅"。指旅途，也指客居异乡的人。北齐颜之推《颜氏家训·涉务》："江南朝士，因晋中兴，南渡江，卒为羁旅。"

④淬厉：淬火和磨砺以使刀剑锋利，比喻刻苦磨炼。

⑤在莒时：勉励人不要忘记颠沛流离的日子，要吸取教训，奋发图强。春秋时，齐国发生内乱，公子小白流亡于莒，返国后登君位，是为桓公。又战国时齐闵王遇杀，其子法章改换姓名，在莒太史家做佣人。太史敫的女儿怜爱他，常给他衣食。法章终被立为襄王。后因称往昔受厄遭困为"在莒"。

胡　森

胡森，字香海，江西抚州南城人，乾隆五十四年(1789年)进士。曾官至福建罗源县令，升同知，后辞官。曾掌教龙游岑峰书院、端溪书院。

端溪精舍[1]题壁

端溪真似画，远客竟来家。
井碧[2]三江[3]水，楼红二峡霞。
征诗多白傅[4]，辨研[5]识青花[6]。
昨夜东轩月，无人坐到斜。

注释：

①端溪精舍：这里指端溪书院。这首题壁诗，赞美了端溪书院静美的环境和丰富的治学生活。

②井碧：亦称碧井，指深井。唐杜甫《铜瓶》："乱后碧井废，时清瑶殿深。"

③三江：古代各地众多水道的总称。这里指西江。

④白傅：唐诗人白居易的代称。白居易晚年曾官至太子少傅，故称。

⑤辨研：疑为"辨砚"之误。

⑥青花：砚台上的“鸲鹆(qú yù)眼”，这里指有青色纹理的端砚。

寄东湖[1]故人

年年南海[2]长为客，日日东湖梦到家。
一阁藏山还贮史，半船分鹤又安花。
春波绿处垂纶[3]直，夕照红边戴笠斜。
这领蓑衣分易了，前村烟雨问桑麻[4]。

注释：

①东湖：名胜之地，在今江西南昌东南。

②南海：代指广东地区，胡森掌教岭南，长期远离故乡。

③纶(lún)：较粗的丝线，多指钓鱼的丝线。

④桑麻：桑树和麻，泛指农事。

题曾中丞图[1]

渊明[2]稷契[3]志，谢安[4]江海游。
后来异出处[5]，先意非林丘。
古贤气落落[6]，难可迹象求。
衣食累山水，我辈生暮愁[7]。
猿鹤[8]怨夔龙[9]，天壤何人忧。

注释：

①曾中丞：曾燠(1759—1831)，字庶蕃，一字宾谷，晚号西溪渔隐。江西南城人。官至贵州巡抚。清代著名诗人、文学家、书画家，被誉为清代骈文八大家之一。中丞，官职名，在清朝为巡抚的俗称。这是一首题画诗，表达诗人追慕先

贤，不愿为仕途所累，想要寄情山水的隐逸之心。

②渊明：即东晋诗人陶渊明。曾任江州祭酒、建威参军、镇军参军、彭泽县令等职，最末一次出仕为彭泽县令，八十多天便弃职而去，从此归隐田园。

③稷契：传说为舜时二贤臣，稷管农业，契管教化。

④谢安：东晋大臣。字安石，陈郡阳夏(今河南太康)人。初无处世意，累辟不就。与王羲之、许询、支遁等放情丘壑。年四十余始出仕。

⑤出处：出仕与归隐。这句是说陶渊明与谢安两人不同的人生走向。

⑥落落：犹磊落。常用以形容人的气质、襟怀。

⑦暮愁：暮霭茫茫引人生愁。

⑧猿鹤：借指隐逸之士。

⑨夔(kuí)龙：传说舜时的两位贤臣。夔为乐官，龙为谏官。后用以喻指辅弼良臣。

宝月台荷花生日[①]词次钱裴山[②]同年[③]昔年留题韵

香台前后尽田田[④]，来祝长生太乙仙[⑤]。
北斗南山圈寿域，晓风初日定禅天[⑥]。
鸥盟[⑦]忍逼红云[⑧]冷，鱼戏轻摇翠盖偏。
难得河清[⑨]人一笑，歌声已过采莲船。

注释：

①荷花生日：旧时民间节日，亦称“观莲节”“荷诞”。

②钱裴山：钱楷，清浙江嘉兴人，字宗范，一字裴山。乾隆五十四年(1789年)进士。授户部主事，官至安徽巡抚。历官广西、河南、山西等省。善书画，兼工篆隶。

③同年：古代科举考试同年中进士之互称。钱楷与胡森为同年进士。

④田田：荷叶茂盛的样子。

⑤太乙仙：道家天神名。这里指荷花。

⑥禅天：佛教语。指修习禅定所能达到的色界四重天。

⑦鸥盟：与鸥为盟，指隐居江湖。

⑧红云：指红色的荷花连成一片，状如云霞。

⑨河清：指太平盛世。古人传说黄河一千年清一次，黄河一清，清明的政治局面就将出现。

披云楼①

宝月②落下方，飞云踞城上。宝月生定光③，飞云有变状。
君欲观西江，请更一层望。牂牁④天上来，帆白空际漾。
龙骧⑤疾似燕，渔舟渺无象。远驱圜圆⑥喧，近逼笙鹤⑦亮。
所惜四檐低，高处反不畅。莫如看北顶，下层转清旷。
沥湖⑧宽作田，定山蹴如浪。村树叶五色，塘藕花十丈。
渔樵⑨出锦绣⑩，妇女上屏嶂。儿童疑可呼，鸡犬尽相向。
七星若水官⑪，水德黑正旺。岩岩⑫培楼⑬中，秦军列虎帐⑭。
又如人愿子，着面有奇相。山川在亭榭，收拾不可放。
位置一失宜，心目了无当。斯楼与阅江，争长或恐让。
幼舆丘壑人，此焉乐闲荡。

注释：

①披云楼：始建于北宋政和三年(1118 年)，楼高三层，当时是作为瞭望台而建造的。因楼矗立在城墙西段最高处，常有云雾缭绕，因此得名。

②宝月：宝月台。

③定光：中国古代名剑。

④牂牁(zāng kē)：古郡名，辖境约当今贵州大部、云南东部、广西西北部。这里指水名，即牂牁江，流经广西，至广州入海。

⑤龙骧(xiāng)：晋龙骧将军王濬受命伐吴，造大船，一船可容二千余人，后因以龙骧称大船。

⑥圜(yuán)圆：苍穹。

⑦笙鹤：汉刘向《列仙传》载：周灵王太子晋(王子乔)，好吹笙，作凤鸣，游伊洛间，道士浮丘公接上嵩山，三十余年后乘白鹤驻缑氏山顶，举手谢时人仙去。后以“笙鹤”指仙人乘骑之仙鹤。

⑧沥湖：古七星岩景。

⑨渔樵：渔人和樵夫。

⑩锦绣：这里指清秀的山水。

⑪水官：即水正。传说中的上古五行官之一。水德崇尚颜色为黑色，对应朝代为秦。

⑫岩岩：山岩层层叠叠的样子。

⑬培楼：疑为“培塿”，本作“部娄”，即小土丘。

⑭虎帐：旧时指将军的营帐。

林召棠

林召棠(1786—1873)，字爱封，又字蓉舟，号芾南，广东吴川霞街村人。清道光三年(1823年)状元，也是粤西地区历史上唯一状元，授翰林院修撰，充国史馆纂修官。道光十一年(1831年)六月，为陕甘正主考。道光十三年(1833年)，受制军卢厚生之聘，主讲于肇庆端溪书院，长达十五年。道光二十七年(1847年)，召棠离端溪书院回吴川老家颐养，不习奢华，甘居平淡，待人平和，好为善事。林召棠晚年，或吟咏于高雷山川滨海，或挥毫落笔于书斋。主要著述有《心亭亭居诗存》《心亭亭居文存》《心亭亭居笔记》等。

彭春洲[①]梅花月人图

我本孤山人，家有香雪屋。十年一梅树，枝作虬松蹙[②]。
霜风破蓓蕾，玉尘[③]三万斛[④]。谁与共明月，翠袖[⑤]或倚竹。
有时照双影，参差出深缘。翩然风前片，点我杯中渌[⑥]。
冰凿寒可厉，诗肠肌不俗。

注释：

①彭春洲：字子大，今肇庆市鼎湖区人，文学家、书法家、篆刻家和诗人。

林绍棠主讲端溪书院时，与彭来往甚密。著有《诗义堂后集》《昨梦斋文集》《高要金石略》《端人集》等。

②虬松蹙(cù)：虬松，指叶枝盘屈的松树。蹙：聚拢。

③玉尘：比喻花瓣。唐张籍《同严给事闻唐昌观玉蕊近有仙过因成绝句》之一："千枝花里玉尘飞，阿母宫中亦见稀。"

④三万斛：斛，古代计量单位。三万斛形容多。

⑤翠袖：青绿色衣袖。此处指景色。

⑥渌(lù)：清澈的水，这里应指茶水或美酒。

晚泊悦城①

村小市声聚，江昏岚气阴②。
估帆争岸泊，渔火隔烟深。
道远迟归信，霜寒怯客心。
殷勤③谢鸿雁，休更④促闺砧⑤。

注释：

①悦城：今广东省肇庆市德庆县悦城镇，西江边的一个小镇。

②岚气阴：岚气，山中的雾气。阴，幽暗；昏暗。

③殷勤：情谊深厚，这里应是深情之意。

④休更：不要。

⑤砧(zhēn)：捶或砸东西的时候，垫在底下的器具。这里指捣衣砧。

林召棠

辛丑元旦

丽日卿云[①]喜放晴，寿觥堂上默梅英[②]。

老怜烂漫儿童戏，闲见丰穰里社[③]情。

上相[④]虎符[⑤]新授钺[⑥]，小夷[⑦]螳臂敢称兵。

何时朱鹭[⑧]铙[⑨]歌曲，谱入嵩呼[⑩]雅颂声。

注释：

①卿云：即庆云。一种彩云，古人视为祥瑞。清赵翼《养疾未愈书感》："岁晚沧江几回首，卿云五色丽高旻。"

②梅英：梅花。宋秦观《望海潮》："梅英疏淡，冰澌溶泄，东风暗换年华。"

③里社：古代里中祭祀土地神的处所，代指乡里。

④上相：对宰相的尊称。

⑤虎符：古代军中印信。铜质虎形，左、右两半，朝廷存右半，统帅持左半，调动军队时用。

⑥钺(yuè)：古代兵器，青铜制，像斧，比斧大，圆刃可砍劈，商及西周时盛行。

⑦小夷：指平民百姓。

⑧朱鹭：乐曲名，汉代《铙歌十八曲》中的第一曲。

⑨铙(náo)：击乐器。铜制，圆形，中间隆起部分小，正中有孔，每副两片。常和大钹配合演奏。多用于吹打乐。

⑩嵩呼：汉元封元年(公元前 110 年)春，武帝登嵩山，从祀吏卒皆闻三次高呼万岁之声。后臣下祝颂帝王，高呼万岁，亦谓之"嵩呼"。

高小云宝月台消夏图

东风烧痕[1]青，岁岁踏春草。朱颜暗催换，为乐苦不早。

端州五管[2]中，万峰曲屏抱。崧台古石室，遣刻恣搜讨[3]。

胡不日夕来，仄径[4]阻滛潦。何如城北寺，青鞵近可到。

高楼隔炎曦，长林散郁燠[5]。虽非华构[6]旧，弥觉野趣好。

吾侪三五辈，素心以为宝。手谈冷梧楸[7]，茗鬭[8]选梨枣。

饮豪剧嵇阮，吟险杂郊岛。从容襟带缓，散诞巾帻倒。

兴酣招长风，凉影飐[9]萍藻。香浮柄柄荷，碧涌畦畦稻。

出罾[10]跃鲂鲤，傍沼立鹄鸨。雨声撒隋珠，云缕[11]曳鲁缟。

螺鬟翠新沐，蛾黛淡初扫。遥岚落酒波，如雪沃热恼。

所嗟人事殊，盍簪距长保。骊驹一告别，我心惄[12]如捣。

君情雅倦倦，画手倩荆浩。远势尺幅论，熟境生意造。

他年君卧游，草堂怀旧老。一杯属故人，绵绵思远道。

注释：

①烧痕：野火的痕迹。清查慎行《元日出东便门》：“草短没烧痕，老杨交枯枝。”

②五管：指今岭南地区。《旧唐书·地理志四》：“永徽后，以广、桂、容、邕、安南府，皆隶广府都督统摄，谓之五府节度使，名岭南五管。”

③搜讨：搜寻；访求。

④仄径：狭窄的小路。

⑤燠(yù)：热、暖。

⑥华构：壮丽的建筑物。晋陆云《岁暮赋》：“悲山林之杳蔼兮，痛华构之

丘荒。”

⑦梧楸(qiū)：梧桐与楸树。二木皆逢秋而早凋。《楚辞·九辩》：“白露既下百草兮，奄离披此梧楸。”

⑧斸(dòu)：古代酒器名。

⑨飐(zhǎn)：风吹使颤动。

⑩罾(zēng)：渔网。

⑪云缕：像白云一样袅袅不绝的丝缕。宋高观国《隔浦莲·七夕》：“柔情不尽，好似冰绡云缕。”

⑫惄(nì)：忧思，忧伤。

桃为仙友

偶坐夭桃下，相看意似仙。便教呼小友，从此订长年。

竹外枝三两，花开岁几千。诗心谁杂得，人面故依然。

旧雨来何处，餐霞[①]别有天。联芳应共谱，对酒不须禅。

艳锦留秦树，环词丽独笺。璠池云五色，慈庆启琼筵[②]。

注释：

①餐霞：餐食日霞。指修仙学道。《汉书·司马相如传下》：“呼吸沆瀣兮餐朝霞。”

②琼筵：盛宴，美宴。

楚霸王墓

三户亡秦日，重瞳[①]霸楚时。气雄吞巨鹿[②]，力尽泣乌骓。

豁达鸿门宴，骁胜巩洛师。江东羞不渡，到底是男儿！

马鬣遗荒陇，鸿沟失故踪。史先高带纪[③]，墓尚鲁公[④]封。

叱咤原无敌，崎岖竟挫锋。长陵[⑤]一抔土，何虚觅乔松。

注释：

①重瞳：一只眼睛有两个瞳孔。传说项羽就有这种异相。

②巨鹿：指巨鹿之战。项羽率领数万军队同秦名将章邯、王离所率四十万秦军主力在巨鹿进行的一场重大决战性战役。项羽破釜沉舟，以大无畏精神在各诸侯军畏缩不前时率先猛攻秦军，带动诸侯义军，一起最终全歼王离军，从此项羽确立了在各路义军中的领导地位。

③史先高带纪：此句指的是司马迁编纂《史记》时将项羽事迹归入本纪中。顺序在高祖本纪之前。本纪所记录的都是帝王，但项羽没有成为帝王，而司马迁根据项羽在秦末历史中的地位仍然给了项羽足够的尊重。

④鲁公：楚怀王曾封项羽为长安侯，号为“鲁公”。

⑤长陵：汉高祖刘邦陵墓。

夜听泉声有感

卧间流水细泠泠[①]，心共寒灯一点青。

清绝欲呼凫雁[②]语，梦回好作管弦听。

药洲[③]扫石波生榻，历下烹泉月满亭。

十载游踪寄烟水，蒹葭归去觅渔汀。

林召棠

注释：

①泠泠：流水声。

②凫雁：野鸭与大雁。有时单指大雁或野鸭。

③药洲：五代时刘岩割据岭南，立南汉国，建都广州，兴建王府，筑离宫别院，在城西凿湖500余丈，地连南宫。湖中沙洲遍植花药，名药洲，药洲中置太湖及三江奇石。

饮酒

落日下平芜[1]，风生万株柳。浮云忙送迎，好月出牛斗[2]。

滟滟[3]玻璃杯，皎皎[4]珠胎浏。清光迸灏气[5]，呼吸入我口。

一浇冰雪肠，愁魔困奔走。况此邻船舷，乱拨曹纲手[6]。

广寒在何许，羽翮[7]俄生肘。婵娟紫云曲，十分为我寿。

狼藉木樨香，衣襟一抖擞。归来问君平，酒星君识否？

注释：

①平芜：草木丛生的平旷原野。明许承钦《过李家口》：“枣香来野径，麦秀满平芜。”

②牛斗：指牛宿和斗宿。唐杜甫《所思》：“徒劳望牛斗，无计斸龙泉。”

③滟滟：水波映光，闪闪耀眼的样子。

④皎皎：明亮的样子。

⑤灏气：正大刚直之气。明顾起元《客座赘语》卷十：“傅远度汝舟，奇思灏气，高出一世。”

⑥曹纲手：该典故出自《乐府杂录·琵琶》。“曹纲善运拨，若风雨，而不事扣弦。”

⑦翮(hé)：翅膀。

淮阴行

明星烂烂天鸡唱，汉王[①]登坛拜大将。
一市皆笑一军惊，朝投钓竿暮将兵。
丈夫岂屑营一饱，有时叱咤生风霆。
军行如雷帜如日，木罂渡河井陉出[②]。
旗门生缚李左车[③]，气蹴全齐无龙且[④]。
亭长将来作天子，王孙饿殍专城居。
百金报少年，千金报漂母[⑤]。君恩自薄臣自厚[⑥]。
项王垓下歌乌骓，汉家钟室[⑦]烹走狗。
时危不相蒯通背，事定岂握陈豨手。
成皋图解困平城[⑧]，四方空思猛士守。
万家冢畔草萧萧，行人来过跨下桥。
淮流千古平如镜，不作吴江白马潮[⑨]。

注释：

①汉王：西汉开国皇帝刘邦。

②木罂渡河井陉出：此句出自《史记·淮阴侯列传》韩信指挥的两次经典战役。“木罂渡”指的是韩信派人收集罂(古代一种口小肚大的瓶子)，把几十只口小肚大的罂封住口，排成长方形，口朝下，底朝上，用绳子绑在一起，再用木头夹住，叫作“木罂”，用它做成筏子运送士兵渡河，采用声东击西的办法，出其不意一举击溃魏军并俘虏了魏王豹。“井陉出”指的是韩信指挥的井陉之战，发生于公元前205年。韩信指挥汉军，在井陉口一带对赵军进攻作战，出奇制胜。

③李左车：赵国名将李牧之孙。秦末，李左车辅佐赵王歇，为赵国立下了赫赫战功，被封为广武君。在井陉之战中主帅陈余拒绝采纳李左车正确的作战方案，使赵军丧失了优势和主动地位。李左车被俘。赵亡以后，韩信曾向他求计，李左车提出百战奇胜的良策，才使韩信收复燕、齐之地。

④龙且(jū)：秦末为楚司马，后任项羽军西楚将领，战功卓著。

⑤百金报少年，千金报漂母：此句讲述了韩信在被封楚王后返回家乡的事情。对当年让自己忍受胯下之辱的少年和有一饭之恩的漂母都给予了赏赐。

⑥君恩自薄臣自厚：此句指韩信有恩报恩，以德报怨，气度宽宏。韩信在汉政权的建立过程中立下了汗马功劳。功高震主，刘邦始终不放心韩信，褫夺王爵贬为淮阴侯，后又被吕后设计诱骗杀害。

⑦钟室：长乐宫悬钟之室，称钟室。韩信被害之地。

⑧成皋、平城：分别指成皋之战和白登之围。成皋之战，项羽和刘邦围绕战略要地成皋展开的一场决定汉楚兴亡的关键性战役。白登之围，公元前200年刘邦出击匈奴被围困于平城的白登山，形势紧迫之下刘邦采纳陈平之计，重金贿赂匈奴阏氏，在阏氏劝说下，冒顿解围之一角，汉军乃得突围，至平城与主力会合。匈奴引兵北去，汉亦罢兵，至此两家实行和亲政策。

⑨白马潮：伍子胥屡谏吴王不听，赐属镂剑而死。临终告诫儿子说："悬吾首于南门，以观越兵来。以鲽鱼皮裹吾尸，投于江中，吾当朝暮乘潮，以观吴之败。"后有人传闻见子胥乘素车白马在潮头之中，故有此典故。

中秋后一夕泛月珠江代柬寄何秋梧兼酬红药老人

秋风吹月月又缺，双星迢迢怨离别。
一枝柔橹划江来，握手一笑肝肠热。
画船为我重征歌，冰彩银管金叵罗[①]。
酒潮上颊生微涡，夜深霜重愁双蛾。
明朝贻我雁头纸，字字骊珠溢清沘。
船窗起读唤奈何，清风竟趁蒲帆驶。
交衢织辙尘涨天，遥心飞坠明月前。
故人知我长相忆，一篇书札情绵绵。
就中老阮更豪杰，雄钟铿訇[②]发奇响。
深情远比桃花潭，逸兴遥飞木兰桨。
我生浩荡如飞鸿，爪痕去住随天风。
蓬莱何处路杳杳，珠江欲渡波溶溶[③]。
溶溶江波夜方半，明月团团在银汉。
花田独吊素馨魂，玉笛无声香梦断。
庾楼今夕定何如，水禽双宿声相呼。
君家竹林兴不浅，清歌宛劝转提壶。
重展君书诵君句，明月欲斜江畔树。
何时招我旋碧园，双柑再听春禽语。

注释：

①叵(pǒ)罗：古代饮酒用的一种敞口的浅杯。唐李白《对酒》：“蒲(葡)萄酒，金叵罗，吴姬十五细马驮。”

②铿訇(hōng)：形容声音洪亮。清刘大櫆《浮山记》：“而崖檐之泉，铿訇击越，如闻风涛之声。”

③溶溶：水势盛大的样子。南朝梁江淹《哀千里赋》：“水则远天相逼，浮云共色，茫茫无底，溶溶不测。”

秋日麦铭之招游宝月台次日以小照属题

谏榄山前路，溪光白练寒。
高人抱冰雪，风采照鹓鸾[①]。
梦里吞丹篆[②]，毫端[③]涌翠峦。
招提[④]游赏罢，重向画图看。

注释：

①鹓鸾：鹓、鸾，神话传说中的瑞鸟。比喻高贵的人。

②丹篆：用朱砂书写的篆文。《隋书·潘徽传》：“至于采标绿错，华垂丹篆，刑名长短，儒墨是非。”

③毫端：犹言笔底，笔下。宋王安石《赠李士云》：“毫端出窈窕，心手初不著。”

④招提：四方僧之住处称为招提。后为寺院的别称。南朝宋谢灵运《答范光禄书》：“即时经始招提，在所住山南。”

蔡锦泉

蔡锦泉（1809—1859），字文渊，号春帆。广东顺德人。道光十一年（1831年）解元，道光十二年（1832年）进士，官编修，督学湖南，至内阁中书。通经史，工诗文，能山水，著有《听松山馆集》《春帆诗钞》。

无题

水光山色四无人，清晓谁看第一春。
红日渐高弦管[①]动，半湖烟雾是游尘[②]。

注释：

①弦管：泛指歌吹弹唱。唐李商隐《思贤顿》："内殿张弦管，中原绝鼓鼙 。"

②游尘：浮扬的灰尘。亦比喻轻贱的人或物。清魏源《登太行绝顶》诗之二："游尘失秦陇，微茫指汾浍。"

吴家懋

吴家懋，字菊湖，番禺人。嘉庆二十五年庚辰(1820年)科进士，选庶吉士，道光十二年(1832年)任广西隆安县知县，广西归顺直隶知州。主讲端溪书院，寓高要六年。著有《欣所遇斋诗集》。

珠江竹枝词

喧天钲鼓[1]拂朱旗[2]，百尺龙舟去似飞。
两岸游人争拍手，看谁夺得锦标归？
蝉鸣柳岸荔枝红，画舫游人不约同。
似幄[3]绿荫围四面，红云[4]明镜映当中。

注释：

①钲鼓：钲和鼓，指古代行军或歌舞时用以指挥进退、动静的两种乐器。

②朱旗：红旗，多指战旗。

③幄(wò)：帐幕。

④红云：红色的云。此处应指红色的花朵，映在水中。

游七星岩

娲皇补天天尚漏，秦皇鞭石石不走。
离奇突兀各成形，窿穹绝壑穿岩窦。
下连地轴镇坤维[①]，上应列星符北斗。
建瓴漓水自西来，鱼龙汩没争喧豗[②]。
羚羊峡口势一束，奇气郁结成胚胎。
桂岭谁人分左股，散如牛羊伏如虎。
如堂如防互蔽亏，一开一阖相吞吐。
下垂试扣似金钟，中虚考击如鼙鼓。
盘空磴险直干霄，扶啸台高难接武[③]。
西粤遨游十七年，探奇每欲快登仙。
桂林山水甲天下，由来此语非虚传。
略分余气压端水，尚能睥睨[④]轻余子。
我来此地已深秋，辜负名山近尺咫。
岂如董氏不窥园[⑤]，已识庐山无过此。
忽来游侣强相邀，端州之游自此始。
登高何必问重阳，云门铁壁森开张。
快睹门前北海记，莲花洞口旋翱翔。
缭绕沥湖波浩渺，山城截嵲[⑥]遥相望。
果然独自开生面，楼霞叠彩可颉颃。
人间奇境须亲陟，勿凭臆说相低昂。

注释：

①坤维：意思是西南方，指南方。《隋书·礼仪志一》："四方帝各依其方，

黄帝居坤维。”

②喧豗(huī)：形容喧嚣。唐李白《蜀道难》：“飞湍瀑流争喧豗，砯崖转石万壑雷。”

③接武：接近。

④睥睨(pì nì)：斜眼看。

⑤董氏不窥园：最早见于《史记·儒林列传》，记载大儒董仲舒自小读书非常勤奋刻苦，数十年如一日，两耳不闻窗外事，从来没有到过花园。

⑥嵲(niè)：形容高峻的山岭。

阅江楼

倚岸高楼百尺雄，登临有客思难穷。
无边秋色横征雁[①]，不尽斜阳照晚枫。
两粤山光供眼底，一江帆影落杯中。
羚羊峡势留渟蓄[②]，不放长流便向东。

注释：

①征雁：迁徙的雁，多指秋天南飞的雁。明高启《送张员外从军越上》：“秋声万里随征雁，南北长江竟谁限？”

②渟蓄：木形容积蓄。比喻含蓄，储积于胸中的才识。如宋陆游《答刘主簿书》：“足下亦宜尽发所渟蓄，以与朋友共之。”

羚羊峡

两山对峙如双阙，卓立中流势嵂屼[1]。
长江迤逦汇众流，万里奔腾气郁勃。
到此应知气少平，汩汩洄旋通一发。
纤道遥连蛇鸟盘，漩涡下作蛟龙窟。
偶然曲折如湾环，不尽巉岩皆石骨。
敢言破浪直乘风，且恐万安时一蹶。
忆昨江流盛西潦，溜势直奔如弩发。
来船欲上似蚁旋，去船一落同鹘没。
峡中涨盛不可行，来船去船一时歇。
纵然水去波不兴，峡里依然戒驰突[2]。
从来利济在小心，告语长年听无忽。

注释：

①嵂屼(lù wù)：亦作“嵂兀”。山崖。明李东阳《雷公峡二十韵》：“秋风动雷峡，孤冢高嵂兀。”

②驰突：指快跑猛冲。《后汉书·南匈奴传论》：“云屯乌散，更相驰突。”唐张易之《横吹曲辞·出塞》：“瞥闻传羽檄，驰突救边荒。”

史 澄

史澄，字穆堂，广东番禺人。道光年间进士，选庶吉士，授编修，主讲端溪书院凡二年。曾编广州府志、番禺县志。著有《退思轩诗存》。

对月有感

明月如镜悬①，倒影山河现。

何不照离人②，举头一相见。

注释：

①镜悬：月如明镜悬于空中。

②离人：离别的人。

自信

开门三径乐蓬蒿①，与世无求品自高。

绘就辋川②图一幅，琵琶不奏《郁轮袍》③。

注释：

①蓬蒿：原指蓬草和蒿草，此处指荒野偏僻之处。李白《南陵别儿童入京》：

“仰天大笑出门去，我辈岂是蓬蒿人？”

②辋川：在秦岭一带，王维曾于此建立辋川别业。

③琵琶不奏《郁轮袍》：不去奏响琵琶曲《郁轮袍》。《郁轮袍》是平湖派琵琶乐曲《霸王卸甲》的特殊称呼。此曲描绘了项羽在年轻时意气风发的形象。

孤立

入世成孤立，澄怀[①]只自知。虽随云变幻，非爱石离奇[②]。

止水心原澹[③]，闲鸥梦不移。身名留寂寞[④]，臣叔[⑤]未全痴。

注释：

①澄怀：清明的心怀。

②离奇：盘绕弯曲的样子。汉邹阳《狱中上梁王书》：“蟠木根柢，轮囷离奇。”此指作者不爱那些弯曲的奇石。

③澹：平静。这里以水平喻人心平静。

④身名留寂寞：化用杜甫诗“千秋万岁名，寂寞身后事”。

⑤臣叔：指西晋时期的王湛。他的哥哥王浑是司徒兼大将军，侄子王济是侍中兼武帝司马炎的女婿。王湛默默无闻，大智若愚。连晋武帝每次见到王济，都要笑着询问：“卿家痴叔死未？”只有王济认为他叔叔不是傻，相反是很有智慧的人物。

小园

更从何处觅瑶台，出色花枝烂漫栽。

夕照初沈金鸭炉[①]，香风[②]吹月入廉来。

注释：

①鸭炉：古代熏炉名。形制多作鸭状，故名。宋范成大《西楼秋晚》：“晴日

满窗凫鹜散，巴童来按鸭炉灰。”

②香风：比喻骄奢淫逸的风气。

折红梅赠友

才兼香艳福能消，东阁吟诗破寂寥。

知否一枝持赠意，杏园春信[1]透今朝。

注释：

①春信：春天的信息。

松声

声喧万壑走蛟龙，劲节常含烈烈[1]风。

入耳漫惊秦岭壮，披襟快遇楚台[2]雄。

灵潮不退三千弩，逸韵谁如十八公[3]。

古调尚余琴自爱，岁寒清籁月明中。

注释：

①烈烈：象声词。三国魏曹植《七哀诗》：“北风行萧萧，烈烈入吾耳。”

②楚台：指楚王梦遇神女之阳台。后多指男女欢会之处。唐吴融《重阳日荆州作》：“惊时感事俱无奈，不待残阳下楚台。”宋秦观《醉桃源》：“银烛暗，翠帘垂，芳心两自知。楚台魂断晓云飞，幽欢难再期。”

③十八公：指松。松字拆开则为“十、八、公”三字，故称。宋苏轼《夜烧松明火》：“坐看十八公，俯仰灰烬残。”

珠江玩月

落叶不到地，层光流月波。涵虚①鉴秋影②，一碧净银河。
袁谢不可作，山川空浩歌。良宵饑今古，把酒问嫦娥。

注释：

①涵虚：指水映天空。唐孟浩然《望洞庭湖赠张丞相》："八月湖水平，涵虚混太清。"

②秋影：秋天的日影。唐元稹《新秋》："夏衣临晓薄，秋影入檐长。"

探砚歌用李长吉杨生青花紫石砚歌韵

金星玉质含精神，鸾刀①暗割斧柯云。
润坚疑截蛟龙唇，三种细分青紫痕。
谽谺②琢破水花春，玉堂新样龙麝薰。
磨砻凿削高壁匀，纱帷雨遇寒云昏。
黑光斓发松液新，风味马蹄何足云。

注释：

①鸾刀：刀环有铃的刀。古代祭祀时割牲用。

②谽谺(hān xiā)：山石险峻貌。唐独孤及《招北客文》："其北则有劒山巉(chán)巉，天凿之门，二壁谽谺，高岸嶙峋。"

史　澄

读书有感

群藉浩烟海，寓言常八九。笔墨肆雄奇，义理杂纷糅。
况复史关文，三豕渡河[①]久。抱残与守阙，孔郑[②]功不朽。
断简日编摩，生当古人后。所贵识其真，训词得深厚。
但求字梭栉，无乃类株守。一知矜创解，牙慧徒拾垢。
穷经不致用，章句误白首。孔明观大意，广益宏所受。
无精贯当中，列宿罗星斗。镕铸尽英华，甲兵胸自有。
龂龂[③]求甚解，见笑柴桑叟[④]。

注释：

①三豕渡河：又称三豕涉河，比喻文字传写或刊印讹误。《吕氏春秋·察传》："子夏之晋，过卫，有读史记者曰：'晋师三豕涉河。'子夏曰：'非也，是己亥也。夫己与三相近，豕与亥相似。'至于晋而问之，则曰晋师己亥涉河也。"

②孔郑：汉经学家孔安国与郑玄的并称。《旧唐书·崔仁师传》："时校书郎王玄度注《尚书》《毛诗》，毁孔郑旧义，上表请废旧注。"

③龂龂(yín yín)：争辩的样子。

④柴桑叟：又称柴桑翁，指晋陶潜。因其晚年隐居柴桑，故称。宋朱熹《正月五日欲用斜川故事结客载酒过伯休新居分韵得中字》："愿书今日怀，远寄柴桑翁。"

苏廷魁

苏廷魁(1800—1878)，字德辅，又字赓堂，清道光元年(1821年)中举，道光十五年(1835年)高中二甲进士，时年35岁，选庶吉士，授翰林院编修。道光二十二年(1842年)转任御史。鸦片战争时期，反对朝廷议和，强烈主战。不惜弹劾恩师赛尚阿误国，直言道光帝应下诏罪己，为人耿直名动天下。咸丰元年(1851年)4月，任工科给事中。咸丰八年(1858年)，在广东组织团练反抗英军侵略。咸丰九年(1859年)，清政府向侵略者屈辱求和，苏廷魁愤懑返回家乡，做了三年的端溪书院山长。同治元年(1862年)，再获朝廷起用，历任开归陈许道、河南布政使，后擢升东河河道总督，专管河南、山东境内的黄河与运河水利。在任内，遭到革职留任处分。同治九年(1870年)，告老回乡。光绪四年(1878年)苏廷魁逝世，享年七十有八。

雨后望顶湖[①]

绿动郊原发兴新[②]，顶湖西望日初曛[③]。
树开层岭明残雨，龙返双湫[④]卷暮云。
往[⑤]岁游踪诗境变，隔江春色斧柯分。

人间福地僧高卧，引水荒田了不闻。

注释：

①顶，音同“鼎”，义系于音，顶湖，即今之肇庆鼎湖。

②发兴新：发、兴、新三字并用，与“绿动”二字应。与陆游“筇枝发兴新”，元好问“北溪梅花发兴新”等句同义。

③曛(xūn)：日入余光，即黄昏时。

④洑(fú)：当作“湫”(jiǎo)，湫，下也，浅水池曰湫，又悬瀑水曰龙湫。

⑤徍(wǎng)：同“往”。

高堂[①]别

白发劝离杯[②]，离怀[③]强拨开。

平安行万里，到处寄书回。

注释：

①高堂：本指房屋的正室厅堂，一般用作父母的代称。

②离杯：饯别酒。如贾岛“昨日饮离杯”。

③离怀：离别的情怀，亦可作二词解，即离愁、怀思。如李清照“生怕离怀别苦，多少事，欲说还休”。

峡山寺[①]作

北江三峡俱灵奇，独有中宿[②]留坡诗。

蓬莱[③]小谪复归去，帝子不语袁孃悲[④]。

山空水逝几岁月，十四年前与山别。

一片闲云欸[⑤]客来，俯窥凝碧[⑥]心源澈。

仙佛遗迹空传讹，石泉琴筑清音多。

老僧未肯忘乡井，犹忆香茶问斧柯。

注释：

①峡山寺：在清远，苏廷魁两次北上参加科举考试均途经此地。

②中宿：即峡山，全称中宿峡，又名观亭山、观峡。曾有沈佺期作《峡山赋》，张说、张九龄、宋之问、李翱、杨衡、许浑、胡曾、苏轼、蒋之奇、胡铨、崔与之、李昂英、贾焕、杨起元、朱燮元、查慎行等人均曾于此作诗，故有“留坡诗”之言。

③蓬莱：代指贬谪之地。如元稹《以州宅夸于乐天》：宅“我是玉皇香案吏，谪居犹得住蓬莱。”

④帝子不语袁孃悲：此句指“赛尚阿出督师，援引内阁侍读穆荫擢五品京堂，在军机大臣上学习行走。廷魁疏劾其坏旧制，用私亲，超擢太骤，易启幸进之门，请俟赛尚阿还，令回章京本任，诏斥擅预黜陟，犹以素行端方不之罪。上先隐其名，出疏示赛尚阿，赛尚阿退，饮台垣酒，问：‘谁实弹我？’廷魁出席曰：‘公负国，某不敢负公。’再以忧归”（《清史稿·列传一百六十五》）一事。此为廷魁自哀，检举赛尚阿，帝王却不语。同时母亲去世，故有“袁孃悲”。

⑤欵：当作“欵(kuǎn)”。欵同“款”。

⑥凝碧：中宿峡前有凝碧湾，其水绀碧。

己未二月寄罗龙两同年①

阅江楼下别经春，春感丛生岸草新。

白日当天非浊世，青山终古待闲人。

鸮音易变②林依士，蜃气难消海不臣。

红映雨丝烽火树[③]，花城同[④]首各伤神。

注释：

①罗龙两同年：罗指罗惇衍，龙指龙元僖。两人与苏廷魁为同科进士。

②鸮(xiāo)音：有二指，一与好音相对，谓恶声，《诗经·鲁颂·泮水》“翩彼飞鸮，集于泮林。食我桑葚，怀我好音”；一谓治乱之音，如《诗经·鸱鸮》小序称“周公救乱”。故曰鸮音易变。

③烽火树：即珊瑚树，其果火红。

④同：当作“回”。

周甲初度[①]辞诸生致馈食物[②]

老忆生初感百端，天南盛日兆[③]衣冠。

山川郁郁樽前在，岁月悠悠镜里看。

学未成家徒许国，才非经世合休官。

乡团事远军储急，玉柱[④]霜螯取醉难。

注释：

①初度：即生日。如《离骚》：“皇览揆余初度兮。”

②此诗收入《守柔斋诗钞(续集)》卷二。

③兆：《说文》：“灼龟坼也。”即征兆，后引申为“始”，此处作动词，意为着手开始。

④玉柱：此处代指筷子。

雨泊阊门[①]

悄听孤舟雨，能回万里心。

寒山钟不到，笠泽[②]意何深。

把钓惭真隐，啼乌奈苦吟。

姑苏城下水，十载托知音。

注释：

①阊(chāng)门：苏州八门之一。此诗收入《守柔斋诗钞(初集)》卷三。

②笠泽：此处应指太湖。

登越王台[①]

不见骑羊五老仙[②]，防身一剑影萧然。

罗浮出没层云里，江海澄清落日前。

南汉[③]霸图余铁塔[④]，西洋贡道接楼船。

盘盘歌舞冈头树，曾阅升平二百年。

注释：

①越王台：在今广州越秀山，为汉时南越王赵佗所筑。韩愈《送郑尚书赴南海》："货通师子国，乐奏越王台。"

②不见骑羊五老仙：此句引用了羊城的典故。民间传说广州府五仙观，初有五仙人，皆持谷穗，一茎六出，乘五羊而至。仙人衣服，与羊同色，五羊俱五色，如五方。既遗穗予广人，仙忽飞升而去。羊留，化为石，广人因即其地祠之。因此广州也被称为羊城。

③南汉：五代十国之一。

④铁塔：南汉政权已经灰飞烟灭，但当年所铸铁塔尚存，现藏于广州光孝寺。

中秋

半醉他乡夜，中秋小雨天。金堂[1]留客冷，璧月[2]背人圆。
寻梦疑将晓，追欢可隔年。青灯花烂漫，只解照无眠。

注释：

①金堂：指华丽宏伟之堂。

②璧月：月圆像璧一样。对月亮的美称。

崖山[1]歌

海风撼天天欲泣，飒飒灵旗踏波立。
赵家末造[2]殊可怜，万古忠魂此山集。
钱塘水涸白雁[3]来，天南片土宫殿开。
行朝草茀[4]列军屋，龙沉玺没荒蒿莱[5]。
半壁江东谁铸错，此山直欲卑五岳。
闽广不支大节同，正气歌声动河朔。
永福疑陵今蔓草，泪尽星塘马南宝。
二城邨墓遥相望，景炎[6]野史悲遗老。
即今三杰日月光，纪功一任淮阳王[7]。
北元剩有奇男子，不负金山负应昌。

注释：

①崖山：亦称崖门山、崖门。在广东省江门市新会区南大海中。形势险要，

南宋末张世杰奉帝昺命扼守于此。兵败，陆秀夫负帝昺蹈海死，宋亡。

②末造：指朝代末期。

③白雁：指元朝灭南宋的主帅伯颜。

④茀(fú)：杂草太多。

⑤蒿莱：野草；杂草。唐杜甫《夏日叹》："万人尚流冗，举目唯蒿莱。"

⑥景炎：宋端宗赵昰的年号。

⑦淮阳王：消灭南宋残余势力的元军将领张弘范。后封淮阳王。

杜子美[①]墓

一代傅诗史，三朝老腐儒。乱离归未得，稷契志成迂。

古恨南云结，遗魂北极趋。靴洲[②]寒月上，羁雁叫荒芜。

注释：

①杜子美：杜甫(712—770)，唐代著名诗人。字子美，自号少陵野老，世称杜少陵。其墓历史上记载有多处，一说偃师城西首阳山，后又迁于巩县(今巩义)。

②靴洲：又叫花洲、鸭婆洲、鸳鸯洲，位于湖南耒阳城区耒水中流偏东，距东岸一水之隔又生成一小洲，便形成大小不一的两洲，四面环水，雅称为鸳鸯洲。所谓靴洲，传为杜甫舟上郴州，在此掉了一只靴，人们打捞上岸葬于洲上而得名。

苏廷魁

入都门车上口号

十年不踏软红尘[①]，放眼重看万里春。

紫陌[②]香风来上苑[③]，玉泉[④]灵气接天津[⑤]。

游迁可有攀龙客[⑥]，入市应多相马人。

愧我西山相识旧，梅花国里苦吟身。

注释：

①软红尘：飞扬的尘土。形容繁华热闹，亦指繁华热闹的地方。金元好问《秀隐君山水》：“乌鞍踏破软红尘，未信溪山下笔亲。”

②紫陌：指京师郊野的道路。唐刘禹锡《元和十一年自朗州召至京戏赠看花诸君子》：“紫陌红尘拂面来，无人不道看花回。”

③上苑：皇家的园林。

④玉泉：传说昆仑山上的泉名。王充《论衡·谈天》引汉司马迁曰：“《禹本纪》言‘河出昆仑……其上有玉泉、华池。’”

⑤天津：银河。

⑥攀龙客：传说黄帝铸鼎于荆山下，鼎成，有龙下迎，黄帝乘之升天，群臣后宫从上者七十余人。后用为追随皇帝，一人得道鸡犬升天。

九日登圭顶山[①]阁

五管[②]云山势欲东，天开双峡控当中。

长林[③]已变深秋色，高阁初凭万里风。

正得逍遥忘日暮，何因鞅掌[④]触途穷。

西江入广潮归海，几见书生战伐功。

注释：

①圭顶山：又名龟顶山，位于广东肇庆端州城区西部的一座山岗，传说为一只大龟变成的山丘。龟嘴在西江河边突起，龟尾是一丛高密度松树，俗称龟顶丛阴。

②五管：指今岭南地区。唐称广、桂、容、邕、安南五府为岭南五管。

③长林：高大的树林。晋陆机《赴洛》诗之一："南望泣玄渚，北迈涉长林。"

④鞅掌：谓职事纷扰繁忙。《诗·小雅·北山》："或栖迟偃仰，或王事鞅掌。"孔颖达疏："传以鞅掌为烦劳之状，故云失容。言事烦鞅掌然，不暇为容仪也，今俗语以职烦为鞅掌，其言出于此传也。故郑以鞅掌为事烦之实，故言鞅犹荷也。"

移居城北忠勇坊①

买宅欣逢应召时，讲堂齐献落成词。
太冲②自得巢林③意，入境仙居漠不知。

注释：

①忠勇坊：今肇庆城北忠勇路一带。苏廷魁在担任端溪书院山长时买宅移居城内。

②太冲：谓极其虚静和谐的境界。《庄子·应帝王》："吾乡示之以太冲莫胜，是殆见吾衡气机也。"《淮南子·诠言训》："聪明虽用，必反诸神，谓之太冲。"

③巢林：比喻隐居。

壬戌①三月椒生②奉命入都即事叙别

端溪重到故情伸，看我年年白发新。
筹比愧从花县事③，乘时好变柏台春④。
驺虞⑤似猛无伤物，骏马常骑不获身。
紏⑥别贤能天下望，格苗干羽⑦展经纶。

注释：

①壬戌：壬戌是1862年，清同治元年。

②椒生，指罗惇衍。

③花县事：苏廷魁与罗惇衍曾一起在广东花县组织团练。

④柏台：御史台的别称。汉御史府中列植柏树，常有野鸟数千栖其上。后因以柏台称御史台。清时亦称按察使（臬台）为柏台。清赵翼《芷塘南回谒我于扬州喜赠》："改官柏台笔如帚，白简威声震朝右。"

⑤驺虞：传说中的义兽名。清钱谦益《太保曹公神道碑》："驺虞之不杀，凤凰之不搏，仁也。"

⑥紏（tǒu）：丝黄色。

⑦格苗干羽：格苗，谓边民臣服。干羽，指文德教化。《书·大禹谟》："帝乃诞敷文德，舞干羽于两阶，七旬有苗格。"宋张孝祥《六州歌头》："干羽方怀远，静烽燧，且休兵。"

李光廷

李光廷(1812—1880)，字着道，又字恢垣，广东番禺人，一生经历嘉、道、咸、同、光五朝。为人至性，早年丧母，晚年每念及此仍伤感落泪。为人仗义，好周济他人，故人有子因贫不能读书，出资助学。无城府，光明磊落。少年聪慧，读书成行，好客善饮，学无所不窥，博学多才。尤其喜好地理，南北往返所至必询其山川险要疆域道里手录而详覆之。二十二岁中秀才，道光二十九年(1849年)充拔贡，朝考二等以教谕任用。咸丰元年(1851年)恩科举人，第二年中进士签分吏部验封司主事，后官至吏部员外郎。曾主讲禺山书院，并于同治二年(1863年)补学海堂学长，受恩师苏廷魁举荐执掌端溪书院，光绪六年(1880年)六月十五日卒于山长任上，年六十九。

肇庆府

入峡爱幽靓[①]，出峡喜平旷。塔影矗中流，远见城郭状。
长堤亘如虹，极目不尽望。大江千里来，群山屹相向。
苍润太古色，肃穆金吾仗[②]。郁郁人文起，葱葱佳气旺。
维舟水方退，澄波静纤纩[③]。木末见人家，岸巅停画舫。

鹅鸭散沙碛，鱼虾满盆盎。多士讵堪师，一醉已可量。

南门小于宝，舆入隘而妨。传闻西汛来，堵此川可障。

我闻水之德，渗沥土脉王。胡为汇众派，束峡鼓高浪。

吾欲诉真宰，一为铲峦嶂。洒流使朝宗，尾闾任奔放。

庶获田园美，坐待桑麻长。此意谅难图，吾言殆疑诳。

注释：

①幽靓：幽静。明徐弘祖《徐霞客游记·游五台山日记》："两旁流泉淙淙，幽靓迥绝。"

②金吾仗：金吾，官名。负责皇帝大臣警卫、仪仗以及掌管治安的武职官员。其名称、体制、权限历代多有不同。汉有执金吾，唐宋以后有金吾卫、金吾将军、金吾校尉等。仗，仪仗。

③纤纩(kuàng)：细丝绵。《书·禹贡》："厥篚纤纩。"孔传："纩，细绵。"孔颖达疏："纤是细，故言细绵。"

江涨四首五月廿三日

积雨先愁潦，泮泂重长流。严城关铁瓮，高峡束金瓯。

缘堞[①]梯成路，临濠屋上舟。良苗饱鱼鳖，那复稻粱谋[②]。

独上南楼望，洪流滚滚来。沿山满坑谷，连岸拍楼台。

屡怯蛟龙起，愁听鸿雁哀。帆樯千万舳，东去莫西迴[③]。

见说东城溢，扁舟入市廛[④]。踏花沈马迹，贯柳唤渔船。

户堘[⑤]仍开肆，堤行竟涉川。量椿探吏报，长夜耿无眠。

传闻消息定，胆小意犹恇[⑥]。岂乏支流溢，翻虞尾泄防。

岸痕当画落，江气入宵凉。把盏浑如梦，天心感渺茫。

注释：

①堞：城墙上齿形的矮墙。

②稻粱谋：本指禽鸟寻觅食物，多用以比喻人谋求衣食。杜甫《同诸公登慈恩寺塔》：“君看随阳雁，各有稻粱谋。”

③迥：远也。

④廛(chán)：市中存储和出售货物的地方。

⑤墐(jìn)：用泥涂塞。

⑥恇：害怕；惊恐，恐惧。《后汉书·张步传》：“时国无嗣主，内外恇惧。”

李北海端州石室记歌次子隅韵

湖山浮绿浓堆尖，湖光动影开镜奁[①]。
端州邦伯此张乐，北海诗人亲揽襜。
绮田锦嶂登览壮，酌泉击石宾主忺[②]。
当年磨崖迹未泐[③]，后贤考古椎可拈。
一千余载此陵谷，三百许字犹隅廉。
灵鳌翻海头角现，宝剑出篋锋铓铦[④]。
娟娟云起润着壁，煜煜怪发光腾签。
率更醴泉逊疏宕[⑤]，鲁国浯刻同庄严。
繄余端水寄疏懒，屡访石室穷幽潜。
颇怪开元相燕国[⑥]，昔经岭峤投荒炎。
平章归朝量更隘，名流献赋身则阽。
幸随媪相下五管，贼驱蛮硐同一歼。
内徙何会问兰芷，南游无乃逃奸憸[⑦]。

李光廷

伟人所留与石重，旧刻之值犹金兼。
纷纷考订削青简，皎皎篇帙明朱钤。
书作庭珪衹臆度，年称干道谁躬瞻。
检讨补遗昧岁月，覃溪志略虚缃缣[8]。
朅来仪征志再辑，时值岭海波方恬。
历稽史年与记证，乃知诸说徒语詀。
崧定自昔富往迹，朝代阅久难逆占。
崖高梯接工或铲，水深谷闷龙所淹。
齐公名类蠹简灭，智常字仅蜗篆黏。
此记高劖石荦荦，大潦不上鱼噞噞。
坚骨频经夏霜炼，莹采迸射秋阳暹。
摩挲遗刻重太息，饱读奚论吾突黔。

注释：

①镜奁(lián)：放梳妆用具的匣子。

②忺(xiān)：高兴。

③泐(lè)：石头因水冲击形成的纹理。

④铓铦(máng xiān)：锋利。

⑤疏宕：恬淡隽永。清姚莹《论诗绝句》之二七："欧公文法本钦韩，长句何曾别调弹？标出格中疏宕处，当年原不学邯郸。"

⑥燕国：指唐朝名相燕国公张说。

⑦憸(xiān)：奸佞，奸邪。

⑧缃缣：浅黄色细绢，古时用以书写。亦借指书册。

谢苏赓堂夫子惠端砚（壬戌元日）

蛟龙潜渊辟西洞，云根割出云腴[1]冻。
良工巧制斫[2]尽芝，铜雀玉蟾比珍重。
守柔老人[3]许端友，护以锦装千里送。
遥将微意示磋磨，匪悦闲情寄嘲弄。
嗟子小子质本憨[4]，会入匠门性犹蠢。
南宫元章幸通籍[5]，东曹毕公仍卧瓮[6]。
一从故山谋菽水[7]，已向石田杂耕种。
非关磨墨墨能磨，差拟中书[8]书不中。
顽质虚蒙娲皇练，粗材[9]久谢玉人砻[10]。
忽承厚贶[11]重增惭，拟答新诗聊一讽。
吾师模楷玉堂[12]旧，屡簪白笔[13]陪侍从。
声名资望起西台[14]，岩处犹萦明主梦。
方今天罚诛共鲧，尽道新猷[15]过启诵。
邺侯家传待征唐，涑水纪闻终起宋[16]。
将持此石杼辰告，笔底敷霖苍赤[17]共。
岂以月屏赋永叔[18]，翻求短剑酬几仲[19]。
山水高深羚峡思，质文温润端州贡。
抱璞讵容入山隐，怀宝终当为世用。
起赋芝田[20]种玉篇，拜登鬃[21]箧涵星供。
他时愿作梁况之，仆射宣麻待苏颂[22]。

注释：

①云腴：指云之脂膏，道家以为仙药。

②斫(zhuó)：大锄；引申为用刀、斧等砍。

③守柔老人：此处指苏廷魁。

④悫(què)：诚实。

⑤南宫元章幸通籍：南宫元章指米芾，字符章，他在宋徽宗崇宁年间，做过“礼部员外郎”“书画学博士”。唐宋时将在礼部管文翰的官称作“南宫舍人”，所以后世也称米芾为“米南宫”。通籍：做官。籍是二尺长的竹片，上写姓名、年龄、身份等，挂在宫门外，以备出入时查对。通籍谓记名于门籍，可以进出宫门。因此后来便称做官为通籍。

⑥东曹毕公仍卧瓮：东曹，官职名。毕公，《晋书·毕卓传》：毕卓字茂世，……太兴末为吏部郎，常饮酒废职，比舍郎酿酒熟，卓因醉，夜至其瓮间取酒饮之。掌酒者不察，谓是盗，执而缚之，郎往视，乃毕，吏部也，遽释其缚。

⑦菽水：豆与水。比喻粗劣清淡的饮食。

⑧中书：毛笔的别称。

⑨粗(cū)材：粗鲁无才学的人。郑观应《盛世危言·练兵》：“宋明以来，重文轻武，自是文人不屑习武，而习武者皆系粗材。”

⑩砻(lóng)：磨。

⑪厚贶(kuàng)：丰厚的赠礼。

⑫玉堂：朝廷官署翰林院的别称。

⑬白笔：古代侍从官员用以记事或奏事的笔，常插于冠侧。此处特指谏官用的笔，亦借指谏官。

⑭西台：御史台的通称。

⑮新猷(yóu)：新的谋略。

⑯邺侯家传待征唐，涑水纪闻终起宋：邺侯，唐朝李泌，贞元三年(787

年），拜中书侍郎、同中书门下平章事，累封郫县侯，时人呼其"郫侯"。其搜罗书勤，家富藏书，且多为书祖，比肩则寡。后来，人们在称赞他人藏书之众时，喜用此典。涑水纪闻，《涑水纪闻》是司马光记载的关于北宋名臣富弼的一些感人事迹。

⑰苍赤：指百姓。

⑱岂以月屏赋永叔：永叔，欧阳修。欧阳修与梅尧臣为诗坛知己，梅尧臣曾作《中秋不见月答永叔》："天嫌物兼美，而使密云藏。已向石屏见，何须照席光。"

⑲翻求短剑酬几仲：黄庭坚曾写《答李几仲书》劝勉后辈。

⑳芝田：传说中仙人种灵芝的地方。

㉑髹（xiū）：给器物涂上漆。

㉒他时愿作梁况之，仆射宣麻待苏颂：梁焘（1034—1097），字况之，北宋名臣。宣麻，唐宋拜相命将，用白麻纸写诏书公布于朝，称为宣麻。苏颂，北宋名臣，杰出的天文学家、天文机械制造家、药物学家。曾作《和兖弟与梁况之学士同作四绝句·右二首并和况之元韵》与梁焘唱和。

孔林楷木杖歌有序

广堂师以河帅住济甯兖州生有孔林楷木杖之赀寄命作诗赋此寄呈

孔林楷木历千祀，不数青桐与文梓。

余枝坠地尚郁盘[①]，文采璘斑[②]光沃薿[③]。

河防使者节初临，鲁国诸生见伊始。

削成拄杖作羔雁[④]，愿与先生充弟子。

入手熊熊章有焕，拄地铿铿端不骪[⑤]。

未睹麟书[6]简削青，早觉龙文气腾紫。
忆昔家园杖乡日，执耒投来何刺史。
一条未用叩故人，六尺曾经训多士。
天生灵物曾有对，得此居然合双美。
是时河工正清晏，三讯安澜车出水。
举手一麾百川定，浩荡洪波尽东徙。
始知东国式人伦，已并黄流归燮理。
驿使朝来命我歌，我读公书三叹起。
名材遇合定非偶，天与生民资杖倚。
五行洪范传太乙，圣贤原备中朝使。
方今奇杰秉铁钺[7]，未见萑苻[8]惊扑棰[9]。
世期名相运枢衡，人望耆臣扶国是。
公以齿德来杖国，帝有恩言当赐几。
褒德之颁卓茂荣，延年有赠杨彪喜。
他时玉杖锡三公，更续长歌篇纚纚[10]。

注释：

①郁盘：郁勃回挠，充满生机。

②璘斑：又称斑璘，灿烂多彩的样子。清陈康祺《郎潜纪闻》卷五：“然词句斑璘，气息典雅，究愈于空疏不学，冒袭八家者之所为。”

③薿(nǐ)：形容茂盛。

④羔雁：用作征召、婚聘、晋谒的礼物。清龚自珍《与人笺》：“然犹有可言者，曰致其羔雁，而甲乙其时艺，则亦举业之师也。”

⑤骫(wěi)：弯曲、枉曲。

⑥麟书：即麒麟书。后为对别人文字的尊称。清魏象枢《哭刁蒙吉先生十一月二十九日讣至为位于授经堂哭之》："雁字投交辛丑后，麟书绝笔戊申前。"

⑦铁钺(fū yuè)：形容掌握大权。

⑧萑苻(huán fú)：指盗贼，草寇。《明史·李俊传》："尸骸枕藉，流亡日多，萑苻可虑。"

⑨扑棰：鞭笞。

⑩纚纚(xǐ)：用以形容文章或言谈连绵不尽。章炳麟《国故论衡·论式》："自唐以降，缀文者在彼不在此，观其流势，洋洋纚纚，即实不过数语。"

崧台晚眺次子隅韵

水际[①]寺突兀，凭高一上台。
江渟[②]双峡束，峰转万帆回。
佛古灯昏焰，僧稀砌长苔。
苍茫怀古意，作赋几雄才。

注释：

①水际：水边。宋杨万里《跋尤延之山水两轴》诗之一："水际芦青荷叶黄，霜前木落蓼花香。"

②渟(tíng)：水积聚而不流动。

中秋月夕携儿侄登掞天阁

经年[①]不上层楼望，今夕登临月满天。
初潋滟时开荟蔚[②]，极微茫处辨山川。
尘中渐觉笙歌起，客里难逢骨肉圆。

李光廷

蟾魄[3]正愁明夜蚀，莫辜金盏[4]绮关前。

注释：

①经年：经过一年或若干年。

②荟蔚：云雾弥漫貌。宋司马光《送守哲归庐山》：“忽思香炉云，荟蔚冠孤岫。”

③蟾魄：月亮的别名。亦指月色。

④金盏：酒杯的美称。唐杜甫《江畔独步寻花七绝句》之四：“谁人载酒开金盏，唤取佳人舞绣筵。”

院中木棉

木棉已百年，位置颇得地。积土壅[1]其根，跼蹐[2]意未遂。
春间遘[3]雷火，惨淡日憔悴。枯枝坠煤炲[4]，落叶零翡翠。
我为去其壅，除土及百篑[5]。才过夏暑酷，忽入秋风吹。
好雨一夕来，勃勃见生意。重看短芽坼[6]，渐茁新枝稚。
覆庭未作阴，映月已成字。有如久病起，扶杖差由自。
我告汝一言，有材靡终弃。虽无栋梁具[7]，勿忘霄汉志。
养根无使遏，干云[8]行可致。今年乍脱苦，明岁当拜赐。
催作烂漫花，兆我文明瑞。

注释：

①壅(yōng)：给作物根部培土、施肥。

②跼蹐(jú jí)：亦作“局蹐”，局限，受拘束。

③遘(gòu)：相遇；碰上。

④炲(tái)：烟尘。烟气凝积而成的黑灰。

⑤蒉(kuì)：盛土的筐子。

⑥坼(chè)：裂开，绽开。

⑦具：才能，才干。

⑧干云：高入云霄。

中秋风雨子隅次去年掞天阁观月韵见示至十六夜月出乃走笔次和

寂寥[①]风雨中秋过，却好阴阴养病天。
度节屡惊人作客，消愁赖有酒如川。
拼教昨夜金樽负，且喜今宵玉镜[②]圆。
池畔小亭堪一醉，可能移杖到花前。

注释：

①寂寥：无人陪伴的，独自一人。

②玉镜：比喻明月。宋杨万里《月夜观雪》："游遍琼楼霜欲晓，却将玉镜挂青天。"

梁鼎芬

梁鼎芬(1859—1919)，晚清学者、藏书家，广东番禺人。字星海，一字心海，又字伯烈，号节庵，光绪六年(1880年)进士，授编修。历任知府、按察使、布政使，曾因弹劾李鸿章，名震朝野。梁鼎芬与张之洞有家学渊源，甚为其倚重。中法战争告一段落后，时任两广总督的张之洞想重振岭南教育，首选梁鼎芬主持当时广东最大的书院端溪书院，总督、巡抚亲往授课。严格考试制度，扩大奖励名额，力求甄选优秀人才。梁鼎芬还更定《端溪书院章程》《监院章程》《院役章程》等。要求学生砥砺品节，学以致用，力戒浮薄，尽心受教，禁止吸食鸦片、行为孟浪等，影响深远。

寒夜独谣

写入幽通黯一镫①，神人仿佛事何曾。
月明深巷疑闻豹，风肃②清帘不到蝇③。
久别花枝凭梦折，无多酒力带愁胜④。
年来莫溯心中语，何止篱间懒嫚⑤藤。

注释：

①镫(dèng)：古代一种照明器具。

②肃：肃杀。

③不到蝇：指“蝇不到”。即由于风吹，帘子摇动，蝇不能止。

④胜：超过。

⑤懒嫚(màn)：慵懒松弛，比喻藤蔓姿态。

端居赋兴

闲庭雨过昼添寒，柳竹青葱俯一栏。
渐与世疏文笔放，偶缘春好酒杯宽。
石唇[①]苔润初安臼[②]，水面萍分独下竿。
惟有佳禽[③]笑多事，中年心意未阑珊[④]。

注释：

①石唇：石台的边缘。唇，边缘。

②安臼：安，安置。臼，坎。

③佳禽：泛指鸟类。

④阑珊：衰减，将尽。

斋中读书　其一

圣人去我远，存者六籍[①]纷。遗迹非口授[②]，从生[③]观甚勤。
往往一师说，反复万口云。吾闻《易》蛊象[④]，育德而振民。
苟徇[⑤]所不屑，戈矛已相因。前有千年书，后有万载人。
何以立天地，上答君与亲。愿持白日心，光明照星辰。

注释：

①六籍：即六经。分别为《诗》《书》《礼》《易》《乐》《春秋》。

②遗迹非口授：这里意在说明六经的流传并非口授而得，如西汉伏生保护了战国末期的卷册《尚书》，创立了古文经学。

③从生：即诸多学生。

④《易》蛊象：《周易》之中，言道为根本，德乃道的体现，认为人应顺应之。

⑤苟徇："徇"通"殉"，"苟且从死。

斋中读书　其二

为学如登山，来万陟[①]者仅。徐行[②]必无踬[③]，阔步不到峻。

所蔽有厚薄，开塞岂田刃。荀卿[④]善言解，性恶惜未慎。

刚决与果敢，道乃日月进。仁义奉孔孟，耿介尊尧舜。

悠悠总不济[⑤]，百年亦何迅。

注释：

①陟：登，升，对应前文"登山"。

②徐行：谨慎慢行。

③踬(zhì)：跌倒，古佚歌："人莫踬于山。"

④荀卿：荀子，荀况。

⑤济：达，此指官达。

初到肇庆口占一首

峡尽见江城[①]，江流日夜争。几人画形胜，满眼说升平。

入境知民俗，怀贤识令名。微躬系风教[②]，何以慰诸生。

注释：

①江城：指肇庆。

②风教：风俗与教化。《诗经·大序》："风，风也，教也；风以动之，教以化之。"

同徐铸[1]访七星岩，石罅[2]祖龙[3]学题名，作长歌

秋风动地潭水枯，清游载酒子与吾。
笑谈已过茭塘外，回见村屋皆画图。
纷纷姓氏满岩洞，周书宽博包书癯[4]。
范阳择之[5]亦至此，博陵崔子[6]相驰驱。
更闻石罅字未灭，苏斋[7]有纸不得摹。
春洲[8]畸人始寻见，著书且补仪征[9]无。
我今粗猛仗心胆，子复英特少髭须。
巉岩共向仄径[10]入，鞠躬恍若公门趋。
余生世途每宽坦，到此真觉形体拘。
手扪苔壁引蛇沫，以火斜烛相叫呼。
分明七字鲁公体，银钩洒落琼枝腴。
回身小立若有会，追忆史乘[11]微叹吁。
公昔从游泰山下，要埒守道兼宽夫。
抗言衍圣定百世，袁州启学繁生徒。
临川柄国枉人罪，酒瓶三百轻召辜。
惜哉不遇张子厚，流窜德庆成冤诬。
遗文焕斗穆修派，手力傥可分开洙。
此官虽鄙奚足贵，方寸萧散谁能逾。
题名山涧知几处，大云铜石罗浮俱。

他年同着几緉屐，尽收宝刻当瑶瑜。

注释：

①徐铸：字巨卿，又字香雪，广东番禺人，光绪乙酉(1885年)举人，著有《香雪堂诗稿》。曾任端溪书院监院。

②石罅(xià)：石头裂缝、缺口、瓶子裂缝或指狭谷中小道。唐韦应物《同元锡题琅琊寺》："山中清景多，石罅寒泉洁。"

③祖龙：代指帝王。

④癯(qú)：瘦。

⑤范阳择之：祖无择，字择之，籍贯范阳。幼时好学，与泰山孙复为友。为人好义，笃于师友。宝元元年(1038年)中探花。《宋史》有传。祖无择曾任袁州知府，建学府，招师生，致使学风大盛。

⑥博陵崔子：崔子方，郡望博陵崔氏，北宋涪州涪陵人。善治《春秋》，对朝廷科举改革罢《春秋》科，废太学《春秋》博士不满。三次上书请求复立《春秋》博士，未获准，遂隐居真州，潜心《春秋》学数十载，与苏轼、黄庭坚等交好。有《春秋经解》《春秋本例》《春秋例要》三书存世。

⑦苏斋：翁方纲，字正三，一字忠叙，号覃溪，晚号苏斋，顺天大兴人。清代书法家、文学家、金石学家。乾隆十七年(1792年)进士，授编修。历督广东、江西、山东三省学政，官至内阁学士。精通金石、谱录、书画、词章之学，是清代著名学者。著有《复初斋文集》《复初斋诗集》《粤东金石略》《焦山鼎铭考》等。

⑧春洲：彭泰来，字子大，高要人。翁方纲称其为粤东三才子。著有《诗义堂后集》《昨梦斋文集》《高要金石略》等。

⑨仪征：指阮元，字伯元，号芸台，江苏仪征人。乾隆五十四年(1789年)进士，先后任礼部、兵部、户部、工部侍郎，山东、浙江学政，浙江、江西、河

南巡抚及漕运总督，湖广总督，两广总督，云贵总督等职。历乾隆、嘉庆、道光三朝，体仁阁大学士，太傅，谥号文达。在经史、数学、天算、舆地、编纂、金石、校勘等方面都有着非常高的造诣，被尊为三朝阁老、九省疆臣，一代文宗。

⑩仄径：狭窄的小路。

⑪史乘：乘，春秋时晋国史书的名称。后用史乘泛指史籍。

读韩致尧[①]诗感题

其一

晓来微雨较春寒，诗爱冬郎[②]尽日看。
乱世峥嵘词反艳，暮年萧瑟事初完。
莺啼幽独看看尽，马走烟尘[③]寸寸啴[④]。
凤烛百条同一泪，今疑纸上未曾干。

其二

谁识天心久废商，殿前执手暗沾裳。
从亡卢植[⑤]曾河上，和韵吴融[⑥]竟异乡。
花好似忘春已去，尘飞真恐日无光。
由来宦者倾人国，错怪唐家白面郎[⑦]。

注释：

①韩致尧：韩偓(844—923)，字致光，号致尧，小字冬郎，号玉山樵人，京兆万年人。晚唐大诗人，翰林学士韩仪之弟，“南安四贤”之一。聪敏好学，十岁能诗，得到姨父李商隐赞誉。唐昭宗龙纪元年(889 年)，进士及第，出佐河中节度使幕府。入为左拾遗，转谏议大夫，迁度支副使。光化三年(900 年)，从平左军中尉刘季述政变，迎接唐昭宗复位，授中书舍人，深得器重。黄巢进入长

安，随驾进入凤翔，授兵部侍郎、翰林承旨，拒绝草诏起复前任宰相韦贻范。不肯依附于梁王朱全忠，贬为邓州司马。唐昭宗遇弑后，依附于威武军节度使王审知，寓居九日山延福寺。信仰道教，擅写宫词，多写艳情，词藻华丽，人称“香奁体”。

②冬郎：唐代诗人韩致尧的小名。

③烟尘：指人烟稠密的地方；繁华的地方。杜甫《为农》：“锦里烟尘外，江村八九家。”

④啴（tān）：喘息的样子。

⑤卢植：字子干，河北省涿州人。东汉末年经学家、将领。卢植性格刚毅，有高尚的品德。

⑥吴融：字子华，越州山阴（今浙江绍兴）人。唐代诗人。

⑦白面郎：代指纨绔子弟。

初夏

闲窗忆春梦，夜雨洗庭莎①。尽处蝉鸣树，微生②鼠饮河③。

有怀千日醉，随分④百年过。莫上高台望，黄尘扑面多。

注释：

①庭莎：亭子。

②微生：细小的生命；卑微的人生。李商隐《过楚宫》：“微生尽恋人间乐，只有襄王忆梦中。”苏轼《谢除侍读表》之二：“奉永日之清闲，未知所报；毕微生于尽瘁，终致此心。”

③鼠饮河：鼷（xī）鼠饮河的省称。比喻欲望有限。

④随分：随意；任意。唐王绩《独坐》：“百年随分了，未羡陟方壶。”宋李清

照《鹧鸪天》："不如随分尊前醉，莫负东篱菊蕊黄。"

对月

西风激壮怀[①]，轩然[②]不可缚。离城才百里，涂径俨有各。
室坐警秋严，酒行卫神弱。纤光晒阶左，倦恋见篱落。
劳逸皆有得，生死真可托。男儿走尘土，苦恨不物若。
醉时未思醒，明朝已成昨。莫令古人笑，京华废丘壑。

注释：

①壮怀：豪壮的胸怀。唐韩愈《送石处士赴河阳幕》："风云入壮怀，泉石别幽耳。"

②轩然：高昂貌。宋沈括《故朝散大夫张公墓志铭》："公少贫，能轩然自持。"

都留别往还

凄然[①]诸子赋临歧[②]，折尽秋亭杨柳枝。
此日觚棱[③]犹在眼，今生犬马竟无期。
白云迢递[④]心先往，黄鹄飞骞[⑤]世岂知。
兰佩荷衣[⑥]好将息，思量正是负恩时。

注释：

①凄然：形容凄凉，悲伤。唐高适《除夜作》："旅馆寒灯独不眠，客心何事转悽然？故乡今夜思千里，霜鬓明朝又一年！"

②临歧：本为面临歧路，后亦用为赠别之辞。

③觚棱：借指京城。康有为《出都留别诸公》："无端又作觚棱梦，醒视扁舟

落五湖。”

④迢递：遥远。明何景明《辰溪县》：“蛮音闻渐异，迢递动乡愁。”

⑤飞骞：飞行。唐白居易《游悟真寺一百三十韵》：“衣服似羽翮，开张欲飞骞。”

⑥兰佩荷衣：兰佩，亦指佩兰。佩系兰草。以兰草为佩饰，表示志趣高洁。荷衣，传说中用荷叶制成的衣裳。此处指中进士后所穿的绿袍。明高明《琵琶记·杏园春宴》：“荷衣新染御香归，引领群仙下翠微。”

雨后坐众绿厅望七星岩有十六舅京师

群星化为石，一一坠地险。招要纳虚牖[①]，苍翠补疏簟[②]。

初阳[③]望弥旷[④]，独饮酒从俭。室迩引荃蕙[⑤]，地富出菱芡[⑥]。

啼风一鸟骄，拂水数花谄。美景憾孤领，闲门好长店。

注释：

①牖：窗户。

②簟(diàn)：用竹篾或芦苇编的席。

③初阳：古谓冬至至立春以前的一段时间为初阳。《玉台新咏·古诗〈为焦仲卿妻作〉》：“往昔初阳岁，谢家来贵门。”

④弥旷：犹言久别。唐宋之问《入崖口五渡寄李适》：“弥旷十余载，今来宛仍前。”

⑤荃蕙：皆香草名。常喻贤淑的人。唐张说《登九里台是楚樊姬墓》：“自我来符守，因君树蕙荃。”

⑥菱芡：菱角和芡实。

全亭晚坐示刘生报骞杨生寿昌

闲居万物照心魂，陶器单衾[1]与我存。
一月出林添绿净，数花当户及黄昏。
读书前辈难同世，问字诸生已在门。
须使九流分派别，猛思江海正浑浑[2]。

注释：

①单衾：薄被。唐韦应物《冬夜》："单衾自不暖，霜霰已皑皑。"

②浑浑：水流畅盛的样子。宋王安石《复至曹娥堰寄剡县丁元珍》："溪水浑浑来自北，千山抱水清相射。"

春窗读书二首

一

景略[1]雄才最契[2]予，山中当日读何书。
群雄若定须公手，夜雨弹窗感慨余。

二

病起花枝带泪看，无人共我凭兰干[3]。
满身雨点兼花片，中有春愁不忍弹。

注释：

①景略：王猛（325—375），字景略，十六国时期著名的政治家、军事家，在前秦官至丞相、大将军。

②契：投合。

③兰干：同"栏杆"。

梁鼎芬

怀朱一新

分此千里月，照余两人心。智慧凭何寄，梦魂相与寻。

通微①须有悟，学哑便无音。岁晚得逢否，沧江②深又深。

注释：

①通微：通晓、洞察细微的事物。宋苏轼《杜处士传》："吾能通微，预知子高良，故谩矜子，以短而欲乱子言。"

②沧江：江流；江水。以江水呈苍色，故称。唐陈子昂《群公集毕氏林亭》："子牟恋魏阙，渔父爱沧江。"明张含《己亥秋月寄杨升庵》："比来消息风尘断，白首沧江学钓鱼。"

爱莲亭雨望

日影栖云端，林叶弥屋罅①。群花掩娟妍②，一鸟自悲咤。

园亭坐幽独，风雨见交下③。古人已相失，故书聊一把。

注释：

①罅（xià）：裂缝，缝隙。苏轼《石钟山记》："徐而察之，则山下皆石穴罅。"

②娟妍：俊美，艳丽。

③交下：俱下，齐下。《楚辞·九辩》："霜露惨悽而交下兮，心尚幸其弗济。"

对雨同朱蓉生[①]作

鸡鸣昨夜报荒村，景物萧萧朝掩门。
骤雨飘风今竟日[②]，交柯[③]乱叶莫寻源。
偷香榱桷[④]惊雏燕，贫饵池塘出老鼋[⑤]。
如此光阴剧[⑥]萧瑟，画情约略[⑦]待君论。

注释：

①朱蓉生：指朱一新。

②竟日：终日，从早到晚。

③交柯：交错的树枝。交错的树枝。杜甫《树间》："交柯低几杖，垂实碍衣裳。"

④榱桷(cuī jué)：屋椽。榱，椽子。王安石《寄题郢州白雪楼》："朱楼碧瓦何年有，榱桷连空欲惊娇。"

⑤鼋(yuán)：亦称"绿团鱼"，俗称"癞头鼋"，爬行纲，鳖科。

⑥剧：甚也。

⑦约略：粗略，不详尽。白居易《答客问杭州》："为我踟蹰停酒盏，与君约略说杭州。"

朱一新

朱一新(1846—1894)，字鼎甫，号蓉生。浙江义乌人。清光绪二年(1876年)进士，历官内阁中书舍人、翰林院编修、陕西道监察御史。为官正义刚直，爱国忧民，因弹劾李莲英遭罢黜。光绪十三年(1887年)八月到广东，次年初到肇庆，任端溪书院山长。在端溪书院，教务相当繁重，但他热爱诸生，诱掖开导不遗余力。著有《无邪堂答问》五卷，《奏疏》一卷，《诗古文辞杂著》八卷，《京师坊巷志稿》四卷，《汉书管见》四卷，等等。

秋夜

不知秋气爽，夜坐觉微凉。

深巷吠声碎①，空阶虫语忙。

楼高先得月，树秃早经霜。

何处寒砧②起，因风到隔墙。

注释：

①碎：零星的、微小的。

②寒砧(zhēn)：亦作“寒碪”。指寒秋的捣衣声。砧，捣衣石。诗词中常用

以描写秋景的冷落萧条。

旅感

文章小技未为尊，况有詅痴[①]结习存。
下笔由来凭耳学[②]，入时重与认眉痕[③]。
已知宦味蜂成蜜，何事埋头虱处裈[④]。
爱听杜鹃[⑤]归去好，东涂西抹总休论。

注释：

①詅(líng)痴：本作“詅痴符”，亦省作“詅痴”“詅符”，称文拙而好刻书行世的人。宋王应麟《困学纪闻·评文》：“和凝为文，以多为富，有集百余卷，自镂板行于世。识者多非之。此颜之推所谓‘詅痴符’也。”

②耳学：指仅凭听闻所得为耳学。北齐颜之推《颜氏家训·勉学》：“又尝见谓矜诞为夸毗，呼高年为富有春秋，皆耳学之过也。”宋朱熹《答陈肤仲书》之一：“今人耳学，都不将心究索，难与论是非也。”

③眉痕：犹眉黛。唐孙棨《北里志·颜令宾》：“不堪襟袖上，犹印旧眉痕。明高濂《玉簪记·寄弄》：“一度春来，一番花褪，怎生上我眉痕。”

④虱处裈(kūn)：后多以之比喻身处浊世，局促难安。

⑤杜鹃：俗称布谷，又名子规、杜宇、子鹃。春夏季节，杜鹃彻夜不停啼鸣，啼声清脆而短促，唤起人们多种情思。相传周末蜀王杜宇，号望帝，失国而死，其魄化为杜鹃，日夜悲啼，泪尽继以血，哀鸣而终。后用此典故形容思念故乡。

朱一新

予以言事改官冶秋前辈赋诗见赠次其韵[①]

平生苦读刘蕡传[②]，灾沴虚陈[③]中垒[④]书。
郎署一官容偃蹇[⑤]，罪言三策共欷歔[⑥]。
乡心顿觉弃归櫂，旧梦长应恋属车[⑦]。
闻道上林游猎美，肯将词赋薄相如[⑧]。

注释：

①光绪十一年(1885)，朱一新担任陕西道监察御史，职司言官，直陈己见，指斥时弊。屡次上疏斥责太监李莲英恃宠骄妄，触怒慈禧，降为候补主事。以母病为由，请准回乡。该诗说的就是此事。冶秋前辈，此人不详。

②刘蕡(fén)：字去华，唐代宝历三年(827 年)进士，善作文，耿介嫉恶，祖籍幽州昌平。太和元年(827 年)参加“贤良方正”科举考试时，秉笔直书，主张除掉宦官，考官赞善他的策论，但不敢授以官职。后令狐楚、牛僧孺等镇守地方时，征召为幕僚从事，授秘书郎。终因宦官诬害，贬为柳州司户参军，客死异乡。

③灾沴(lì)虚陈：灾沴，自然灾害。虚陈，虚设、空谈。

④中垒：西汉有中垒校尉，掌北军营垒之事。东汉时刘向曾任此职，后世因以“中垒”称之。

⑤偃蹇(jiǎn)：骄傲。

⑥欷歔(xī xū)：感慨，叹息。

⑦属车：借指帝王。

⑧相如：西汉辞赋家司马相如。

林绍年

林绍年(1845—1916年)，字赞虞，福建闽县人。同治十三年(1874年)进士，授翰林院编修。光绪十四年(1888年)任御史，以极谏慈禧动用海军经费修颐和园，名噪四海。光绪十六年(1890年)出任端溪书院山长。光绪二十六年(1900年)迁云南布政使，再擢巡抚，兼署云贵总督。光绪三十二年(1906年)内召，以侍郎充军机大臣，兼署邮传部尚书，官居一品。他为端溪书院大堂所书楹联："余力学文，到此应多敦行士；通经治国，他年望有济时方。"表达了传统读书人修身齐家治国平天下的宏大抱负，激励书院学子发愤图强，读书报国。

游朝阳岩[①]

一从鲁直[②]题诗后，便觉游人日日多。
自古此山已如此，惟他元柳[③]错经过。
看尽桂林阳朔好，驿程恰向永州来。
淡岩两洞皆奇绝，老眼欣然又一开。

注释：

①光绪三十二年(1906年)林绍年出使广西途经永州，游朝阳岩，在上洞口

石壁上即兴留下了一首诗刻。

②鲁直：宋代文学家黄庭坚，字鲁直，号山谷道人，苏轼的朋友，诗与书法均与苏轼齐名，人称“苏黄”。黄庭坚受到排挤后被贬宜州，与友人游览朝阳岩，并留下石刻。

③元柳：元结与柳宗元。

重阳后一日挈内子恩侄文女游秘魔崖狮子窝观霜叶

霜风猎猎展重阳，举宅蓝舆叩上方。
浓翠[①]树如争晚节，殷红山渐门妍桩。
老妻解说看松好，稚女浑知拾橡忙。
似此刑于[②]良不恶，一邱[③]何日课耕桑。

注释：

①浓翠：深绿。唐许浑《秋日众哲馆对竹》：“萧萧凌雪霜，浓翠异三湘。”

②刑于：指夫妇和睦。清杭世骏《质疑 · 礼记》：“夫妇，人伦之始；刑于，齐家之本。”

③一邱：亦指一丘。丘，丈量土地面积的单位。

送江杏村[①]侍御归里

我亦当年柱下官[②]，封草无补泪汍澜[③]。
送君犹自增新愧，两载曾容负豸冠[④]。

注释：

①江杏村：江春霖（1855—1918），字仲默，一字仲然，号杏村，福建莆田人。光绪二十年（1894 年），曾任监察御史，访察吏治，不避权贵，声震朝野。

著有《江侍御奏议》《江春霖文集》等。

②柱下官：周秦置柱下史，后因以为御史的代称。林绍年也曾任御史，因此自称柱下官。

③汍(wán)澜：流泪的样子。明宋濂《故浦江义门第八世郑府君墓版文》："过者读之，不为之涕泗汍澜，非仁人也。"

④豸(zhì)冠：御史官员穿戴的冠冕。《旧唐书·肃宗纪》："御史台欲弹事，不须进状，仍服豸冠。"

林国赓

林国赓，字扬伯，广东番禺人。同治十一年(1872年)，选取学海堂专课肄业生。光绪十一年(1885年)，选举优行贡生，考取八旗官学教司，光绪十二年(1886年)十二月补学海堂学长。十四年(1888年)，中戊子科举人。十六年(1890年)，两广总督张之洞创建广雅书院，聘为史学分校，及张之洞移督两湖，聘为两湖书院分校。十八年(1892年)，中壬辰科进士，选翰林院庶吉士，散馆一等改吏部文选司兼验封司主事。父病乞假归，丁艰后不复出，主讲端溪书院。认为佚经佚子佚集皆有辑本，而佚史阙如，于是为孔氏校理《北堂书钞》，搜辑佚史八百余种，积稿盈两巨箧。年四十九卒。《菊坡精舍集》选有国赓文七篇，诗一首；《学海堂四集》选有其文十五篇，诗四十三首。

读晋书载记小乐府(录其三)

八公山[1]

一败终如洗，休将大敌轻。
岂惟山有力，风鹤亦皆兵。

注释：

①八公山：在安徽省淮南市西。相传汉淮南王刘安曾与八公登此山，故名。东晋太元八年(383 年)淝水之战，谢玄大败前秦苻坚兵，坚登寿阳城，望八公山上草木，以为皆晋兵，即此处。

遇光武[1]

逐鹿岂易言，井蛙何为者。
侬郑恨当时，无人帝铜马[2]。

注释：

①光武：光武帝刘秀。

②铜马：指铜马军，新莽末年河北的农民起义军。起义军后被刘秀打败。

诛太师[1]

定乱捷如风，枭雄陡失势。
不意慕容家，亦有汉昭帝[2]。

注释：

①诛太师：指前燕时期统治者内部发生的一次内乱。慕容玮继位时年仅 13 岁，辅政的太师慕容根自恃劳苦功高但居于太宰慕容恪之下，心生不满。不断挑起内部矛盾，伺机叛乱。被慕容恪果断诛杀，稳定了政权。

②汉昭帝：汉武帝之子。汉昭帝稳定了汉朝局势，西汉迎来中兴。

林国赓

和易秋河[1]白牡丹(四首)

一

谷雨连朝趁日晞[2]，鸾璈[3]恍惚奏仙妃。
定情端合贻金钿，填曲翻嫌唱紫衣。
信隔银河春梦断，影寒璠岛夜深归。
对花会得东皇[4]意，禅榻茶铛月色微。

二

枝枝如斗拥琼林，到眼从无俗艳侵。
婑媠[5]似嗔樊素[6]口，聪明描出阿环[7]心。
香收慧鹿烟光软，棋赌娇猧[8]雾气深。
莫是妆台春睡起，偶忘酣醉盏浮金[9]。

三

铅砌瑶阶冷透光，对云真个想衣裳。
蓝桥[10]前度通仙谱，玉案何年惹御香。
一缕愁烟春吊影，半襟凉月晚梳妆。
霜台[11]别后无消息，不是巫山也断肠。

四

宛然笑语隔花闻，管领群花自不群。
鸳戏荷香摇汉佩[12]，鹃啼泪竹冷湘裙。
临风有影留三月，背日无言梦五云[13]。
远谪洛阳谁见惜，冰心赢得对东君[14]。

注释：

①易秋河：清初诗人易宏，字渭远，别字秋河，又号云华子、坡亭子。广东鹤山(古属新会)人。著有《云华阁诗略》等，两广总督吴兴祚的幕僚，后隐居肇庆直至去世。

②晞(xī)：天亮，引申为阳光照耀。

③璈(áo)：古乐器名。袁桷《桐柏观赋》："灵璈清以集鸾。"

④东皇：指司春之神。唐戴叔伦《暮春感怀》："东皇去后韶华在，老圃寒香别有秋。"

⑤婑媠(wǒ duò)：疑为婐妮(wǒ nuǒ)，柔弱美好貌。

⑥樊素：唐白居易家的歌妓。白居易《不能忘情吟》序云："妓有樊素者年二十余，绰绰有歌舞态，善唱《杨枝》，人多以曲名名之，由是名闻洛下。"后以代指擅歌的女艺人。

⑦阿环：杨贵妃的小名。贵妃小字玉环，故称。

⑧猧(wō)：小狗。

⑨浮金：水面闪耀光芒。多指水面反射出的日光或月光。唐杜牧《金陵》："风清舟在鉴，日落水浮金。"

⑩蓝桥：陕西省蓝田县东南蓝溪之上的一座桥。相传其地有仙窟，为唐裴航遇仙女云英处。

⑪霜台：御史台的别称。御史职司弹劾，为风霜之任，故称。明王世贞《艺苑卮言》卷四："杜紫微掊击元白不减霜台之笔，至赋《杜秋》诗，乃全法其遗响。"

⑫汉佩：相传周朝时郑交甫于汉皋台下遇二女，二女解珠佩相赠。后因以为男女爱慕赠答的典实。张素《无题》："临江早弄汉皋珠，眇曼风流旷世无。"

⑬五云：指皇帝所在地。清陈梦雷《立秋后一日至都门即事赋感》："遥向五云深处望，低徊今昔倍辛酸。"

⑭东君：又称东皇。

傅维森

傅维森(1864—1902)，字君宝，号志丹。原籍直隶南宫，先世游幕来粤，家居番禺遂为番禺人。光绪九年(1883 年)，府试第一。两广总督张之洞阅其文，嘉赏之，选入广雅书院肄业，问学于梁鼎芬、朱一新。光绪十七年(1891 年)乡试第一。光绪二十一年(1895 年)进士，改庶吉士。二十二年(1896 年)，丁外艰后不复出，光绪二十四年(1898 年)主讲端溪书院。修纂《端溪书院志》，并刊印《端溪丛书》。著有《缺斋遗稿》，文二卷，凡七十九篇；诗一卷，凡一百二十首。

刘禹锡爽阽①应秋律

中夜雁声急，西风轰语寒。衣裳冷渐薄，莞簟②宵难安。

邻家一灯火，敲砧殊未阑。月斜静更柝，露洁翻罗纨。

鏦铮③籁四壁，觑缕④愁百端。情长弱线短，密密缝未完。

征袍为送煖，手缄眉已攒。龙城会旋凯，破涕收汍澜⑤。

注释：

①阽(diàn)：临近。

②莞簟(guǎn diàn)：草席与竹席。

③鏦铮（cōng zhēng）：形容金属等物相击声。清徐芳《城门高》："至今寂寞扁舟夜，时闻鏦铮铁马酣。"又形容水声。清钱谦益《复介石书院记》："观太仆之缔构，寒泉鏦铮，如聆其清声。"

④覼缕（luó lǚ）：犹言弯弯曲曲。谓详述事情的原委。

⑤汍澜（wán lán）：流泪的样子。

陆龟蒙①茱萸②篋中镜

天涯远行役③，家书万金贵。出门路险巇④，游子胡不畏。

秋风秃落木，春日艳奇卉。揽镜改荣华，寒暑变二气。

缘悭⑤面不见，梦断意难慰。空房夜独守，阶下鸣络纬⑥。

注释：

①陆龟蒙（？—约881），字鲁望，自号天随子、江湖散人、甫里先生，长洲（今江苏苏州）人，唐代诗人、农学家。陆龟蒙与皮日休齐名，人称"皮陆"。著有《耒耜经》《吴兴实录》《小名录》等，收入《唐甫里先生文集》。

②茱萸：又名"越椒""艾子"，是一种常绿带香的植物，具备杀虫消毒、逐寒祛风的功能。

③行役：旧指因服兵役、劳役或公务而出外跋涉。泛称行旅、出行。

④险巇（xī）：艰难险阻。形容道路难行。

⑤缘悭（qiān）：缘悭一面，指缺少一面之缘，谓无缘相见。

⑥络纬：虫名。即莎鸡，俗称络丝娘、纺织娘。夏秋夜间振羽作声，声如纺线，故名。唐李白《长相思》："络纬秋啼金井阑，微霜凄凄簟色寒。"

得虑衡州书因以诗寄

萍踪两地滞荒陬[1]，珍重书织当唱酬。
癸水[2]游鳞淹尺素[3]，卫阳断雁报深秋。
层岚气挟黄茅长，匹练光连锦石浮。
为问洞庭千树橘[4]，主人应不羡封侯。

注释：

①荒陬(zōu)：荒远角落。

②癸水：漓江的别称。

③尺素：书写用的一尺长左右的白色生绢，借指小的画幅，短的书信。

④洞庭千树橘：陆龟蒙曾经盛赞洞庭湖的橘子。

送陈篷舫广文[1]司铎[2]循州[3]

振铎崇司范，人推郑广文[4]。雪深门立暮，风暖座含薰。
新荫栽桃李，余香播藻芹。苏湖诸弟子，追从乐逢君。
诒谋[5]传世业，越岭表儒宗。济美才夸凤，登门价重龙。
携茶劳雅意，植柏媲前踪。莫道官偏冷，缁林[6]化雨浓。
此去东江路，罗浮二月春。地灵人聚杰，花放鸟鸣晨。
宋宅怀留相，苏堤考谪臣。劳形无案牍，樽酒寄吟身。
继起簪缨贵，传经泽正绵。楷模垂世法，齿德重前贤。
白虎推专席，鳣鱼兆晚年。本源储治化，肯任守青毡[7]。

注释：

①广文：明、清时对教授、教官的别称。

②司铎：谓掌管文教。相传古代宣布教化的人必摇木铎以聚众，故称。

③循州：循州主要包括今天的惠州市、河源市、汕尾市、梅州市的大部分地区。

④郑广文：指唐朝郑虔。

⑤诒谋：为子孙妥善谋划，使子孙安乐。

⑥缁林：犹僧界，僧众。

⑦青毡：亦指清寒贫困的生活。

岭云江行

莫道乘风破浪行，天南拙宦[1]一身轻。

犀潭潋滟波千尺，马岭湾环路几程。

远岸飞鸢沈只影，中流画鹤起歌声。

江湖多少翾[2]蓬梗[3]，无奈依依恋阙情。

注释：

①拙宦：谓不善为官，仕途不顺。多用以自谦。

②翾（xuān）：低空飞翔。

③蓬梗：谓如飞蓬断梗，飘荡无定。比喻漂泊流离。

苦旱行

南离秋暮尚燠煖[1]，阿香推热乖龙懒。

阳飙熇熇[2]鸣海隅，吹起炎云赫如繖[3]。

币月亢旱金轮高，郊原十里赤不毛。

沙煎石烂土迸裂，屏翳骄倨犹屯膏。

耕晨蹙頞[4]坐阡陌，田号上瘦今似石。

桔槔咿哑[5]无昕宵，晚禾不滕数茎碧。
沟洫涸尽水泉枯，灌园老叟频嗟吁。
连哇[6]茹藿已焦卷，何况山下青靡燕。
万生扰扰瓮鸡舞，弗晚黔突劳囏窭[7]。
米珠薪桂难取携，郑侠绘圖[8]不忍睹。
桑林从此纷祈禳，灵坛拜起陈绿章。
积诚吁帚帚弗应，悒忿直欲焚巫尫。
商羊敛迹瘦蛟蛰，白日蒸郁影煌熠。
砚池墨浪凝且干，我怪笔花亦枯翜[9]。
鲁阳挥戈不可师，快哉试与题小诗。
闵懑愁愦会慰解，方今圣世旸雨时。

注释：

①燠煖：温暖。

②熇熇(hè)：猛烈。

③繖(sǎn)："伞"的异体字。遮蔽雨水或阳光的用具。宋·陆游《镜湖女》："女儿妆面花样红，小繖翻翻乱荷叶。"

④頞(è)：鼻梁，也同"额"，额头。

⑤咿哑：象声词，形容摩擦碰撞声。

⑥哇：疑为"畦"。

⑦囏窭(jiān jù)：贫困，困苦。囏，同"艰"。

⑧圖：疑为"图"。

⑨翜：同"涩"。

傅维森

园林长夏见新蝉解蜕老鹿生麑[①]欣然有作

太和[②]酿宇宙，物类皆棣通。鸟兽被仁育，咸若成帝功。
葩经[③]咏驺虞[④]，方田嬉春融。长养届初夏，万象呈熙丰。
园林日闲涉，葱郁盈芳丛。松盖覆深碧，榴火凝殷红。
绿槐振幽响，蝉声连西东。匝月[⑤]饮不食，高洁翔素空。
转化倏应候，解角林兽同。呦呦食蒿苹，蕃育生不穷。
群友尽驯扰，铤走忘道中。坐对意自适，身世嗟樊笼。
孤举发奇想，圆笠恢帡幪[⑥]。策鳌游扶桑，御气凌晨风。
委脱形与骸，胎息返鸿蒙。呼龙种瑶草，采芝蓬莱宫。
作脯亦珍异，修龄无永终。骑虎归深山，跨凤时登嵩。
览胜偏四极，灵景廻双瞳。乘除阅世故，变幻由化工。
险巇[⑦]不可防，罿雉离于罿[⑧]。蝉鹿何忘机，居安符渊衷。
气化顺自然，推迁听苍穹。既饮亦已啄，俛仰[⑨]形倥侗[⑩]。
长画如小年，未解歌虫虫。

注释：

①麑（ní）：幼鹿。

②太和：天地间冲和之气。

③葩经：语本唐韩愈《进学解》：“《诗》正而葩。”后因称《诗经》为“葩经”。

④驺虞：传说中的义兽名。

⑤匝月：刚满一个月。

⑥帡幪（píng méng）：本指帐幕。后亦引申为覆盖。

⑦巇（xī）：险恶，高而危险。

⑧罿(chōng)：捕鸟的网。

⑨俛仰：低头抬头。清蒲松龄《聊斋志异·鸿》："见其伸颈俛仰，吐出黄金半铤。"

⑩倥侗(kōng tóng)：蒙昧无知。

李良骥

李良骥，字铨伯，广东番禺人，光绪年间任端溪书院山长，著有《铨庐吟草初集》。清光绪二十九年（1903 年），李良骥重定端州八景，分别是：沥湖返棹、宝月荷风、披云鹤唳、龟顶松涛、崧台晚眺、羚峡归帆、白沙观月、五显渔灯。

崧台[①]晚眺

落木萧萧[②]下碧空，崧台俯瞰下江东。

山边斜日炙[③]林绿，天半晚霞蒸海红。

两岸帆樯[④]孤塔外，万家灯火一堤中。

城头咫尺寒吹角[⑤]，云树苍茫起暮风。

注释：

①崧台：今崧台书院所在地，古称石头岗，又称崧台冈。崧台书院位于广东省肇庆市端州区西江畔的石岗之上，由具有典型的岭南建筑风格的古建筑群构成，雄伟大气。登楼远眺，西江奔流而去，山峰尽收眼底。

②萧萧：拟声词。常形容马叫声、风雨声、流水声、草木摇落声、乐器声等，这里指落叶声。

③炙：曝晒。

④帆樯：船桅，桅杆。

⑤角：一种吹乐器。

披云鹤唳①

危楼一角枕②孤城，倚槛时闻鹤唳清。
千里远同鸿鹄举③，九霄高和凤鸾鸣。
晴空云淡天无影，老树风微露有声。
却忆缑山④遇仙客，月明花下听吹笙。

注释：

①披云鹤唳(lì)：据端州文史资料记载，明代之时，端州白鹤成群，每当鹤鸣树上，楼绕披云，红棉参天，榕荫盖地，登临此境，如入蓬莱，真美妙极了，自此以后，“披云鹤唳”为端州八景之一。清朝廷对披云楼的环境尤其注意保护，拨出专款喂养群鹤，严禁捕捉与宰杀，使“披云鹤唳”一直盛名不衰。

②枕：临，靠近。

③举：飞，去。

④缑(gōu)山：在今天河南省洛阳，别名缑岭、缑氏山，指修道成仙之处。传说仙人王子乔(即周灵王太子王子晋)曾乘白鹤暂返人间于缑氏山逗留。后世用作咏太子、咏升仙、咏鹤的典故。

李良骥

羚峡①帆归

几叠②风帆挂夕阳，万重云嶂锁羚羊。
山围江口容孤樟，天压潮头露短樯。
岚影夹船春水绿，林坳系缆暮烟苍。
望夫石③畔人如在，更睹归帆桡④断肠。

注释：

①羚峡：西江的羚羊峡。

②叠：形容多的意思。

③望夫石：位于广东省肇庆市西江羚羊峡文殊村附近的山上，又名“望夫归”，是岭南景观之一。当乘船沿西江顺流而下至羚羊峡将出峡时，向南眺望即可见此景：江边山上耸立了一块巨石，其状如妇人向西遥望，若有所待。此即“望夫石”是也。明代岭南状元伦文叙曾对此赋诗一首《题望夫石》：“白石佳人住海旁，天为罗帐地为床。日为宝镜朝朝照，月作银灯夜夜光。千年不梳龙凤髻，万载不换紫罗裳。可怜不见亲夫面，痛哭江干恨断肠。”

④桡(náo)：此处指船桨。

五演渔灯

荻花①枫叶落萧萧，五演滩头急暮潮。
畿处乱流翻蟹簖②，数星幽火隐鱼标。
炊烟羃③历天初暝，寒月朦胧雪未消。
漠漠水云人语细，疏篷摇影过溪桥。

注释：

①荻花：多年生草本植物，生在水边，叶子长形，似芦苇，秋天开紫花。白居易《琵琶行》：“浔阳江头夜送客，枫叶荻花秋瑟瑟。”

②蟹簖（duàn）：捕蟹之具，状如竹帘，横置河道之中以断蟹的通路。俗称“迷魂阵”。

③幂（mì）：覆盖。

江干[1]暮眺

江干独步几徘徊，一水苍茫绕岸隈[2]。
好是日斜风乍起，浪花迅拥画船[3]来。
斜日昏黄入暮天，寒云淡淡水涓涓[4]。
数株弱柳渔舟系，风静江千起爨烟[5]。
苍江日落暗沙汀[6]，多少游船暮尽停。
夜色朦胧海天阔，蓼花[7]红处有渔灯。

注释：

①江干：江边、江畔。

②隈（wēi）：水流弯曲处。

③画船：装饰华美的游船。

④涓涓：江水慢流的样子。

⑤爨（cuàn）烟：指炊烟。

⑥沙汀：水边或水中的平沙地。

⑦蓼（liǎo）花：一年生或多年生草本植物，花小，白色或浅红色，穗状花序或头状花序。生长在水边或水中。

李良骥

春思

昨夜海棠雨[①]，今朝红杏晴。
美人思天末，春色入帘旌[②]。
鸿雁几时到，烟花三月明。
回栏斜倚处，凄绝晓莺声。

注释：

①海棠雨：海棠的花姿潇洒，花开似锦，自古以来是雅俗共赏的名花，形成“玉棠富贵”的意境。历代文人多有脍炙人口的诗句赞赏海棠。

②帘旌：帘端所缀之布帛。亦泛指帘幕。

陶邵学

陶邵学（1864—1908），字子政，又字子源，广东番禺人。居处名“颐巢”，学者称颐巢先生。光绪十五年（1889 年）中举，光绪甲午年（1894 年）进士，官内阁中书，旋即辞官归里，有《颐巢类稿》。

秋夜读苏文忠[①]集

一镫[②]微荧照孤檠[③]，坐倚陈编[④]发高咏。
平生颠倒[⑤]为公诗，冷玉寒泉秀相映。
忆昔真仁[⑥]符道泰[⑦]，相从京洛风流盛。
好士朝逢六一[⑧]贤，奇才老识宫中圣。
岂意宸谟[⑨]一朝变，天启谗人干[⑩]国柄[⑪]。
名成高众亦何益，用已得时嗟未竟。
世事苍茫难可料，纷华百战犹能胜。
至今一字如琼瑰[⑫]，当时词组伤机阱[⑬]。
流谪蛮荒赊[⑭]一死，历将艰厄[⑮]试豪横。
歌傍[⑯]同谷意犹放，表谢韩公语无佞[⑰]。

十年尘劫扫空华，万里江山助清夐[18]。

磨礲[19]或者天有意，忠謇[20]直为神所敬。

百回不厌整襟读，再拜[21]敢持轻语评。

诗成月落星斗稀，门外寒虫不堪[22]听。

注释：

①苏文忠：即苏轼，字子瞻，一字和仲，号铁冠道人、东坡居士；北宋文学家、书法家、美食家、画家，历史治水名人。宋孝宗时追谥“文忠”。

②鐙：同“灯”，指油灯。

③檠(qíng)：这里指灯架。也可指灯。另指矫正弓弩的器具。

④陈编：指古籍、古书。

⑤颠倒：本指上下、前后或次序倒置。这里指回旋翻转，翻来覆去。

⑥真仁：指宋真宗和宋仁宗。苏轼是宋仁宗嘉祐二年(1057 年)高中的进士。

⑦泰：指安定平和、奢侈、大之极，这里指通达、宽裕。

⑧六一：指欧阳修，字永叔，号醉翁，晚号六一居士。

⑨宸谟(chén mó)：帝王的谋略。

⑩干(gān)：冒犯。

⑪国柄：国家大权。一国的政治大权。

⑫琼瑰：次于玉的美石。泛指珠玉。

⑬机阱：指设有机关的捕兽陷阱；比喻险境或坑害人的圈套。

⑭赊(shē)：买卖货品时延期收款或付款。这里指抵偿。

⑮艰厄：艰险，危难。

⑯侪(chái)：同辈或同类的人。

⑰佞(nìng)：用花言巧语谄媚。

⑱敻(xiòng)：广阔遥远。

⑲磨礲(lóng)：磨炼，磨砺。

⑳忠謇(jiǎn)：忠诚正直。汉蔡邕《上封事陈政要七事》："臣愚以为宜擢文右职，以劝忠謇。"

㉑再拜：拜了又拜，表示恭敬。古代的一种礼节。《论语·乡党》："问人于他邦，再拜而送之。"《史记·孟尝君列传》："坐者皆起，再拜。"明李长盛《过史公墓》诗："途过丞相墓，再拜想仪型。"

㉒不堪：承受不了，不能，不可。

水亭夜望

野气日沈[①]夕，清光照独游。
萤专草阁夜[②]，蛙王野棠秋[③]。
残月犹明水，疏星欲倚楼。
苍茫云壑[④]外，何处隐灵虬[⑤]。

注释：

①沈(shěn)：同"沉"。现在通常写作"沉"。

②萤专草阁夜：该句形容夏天的萤火虫在夜晚飞来飞去，好像主宰了夜空。有掌控主宰之意。

③该句与上一句对照，新秋的池塘，鸣叫的青蛙好像君临天下一般。"王"有旺盛、君临之意。

④云壑(hè)：白云缭绕的山谷，谓隐者所居。

⑤灵虬(qiú)：神龙。此喻贤士。

孤云

一片孤云出岫[1]微，空中蔼蔼[2]惜余晖。
九原[3]可作吾谁与[4]，万事相看昨已非。
家擅雕龙[5]新学贵，市无屠狗故人稀。
年来世态堪惊绝，岂独平生叹志违[6]。

注释：

①岫（xiù）：本意为岩穴，山洞；文言文中多指山峰。

②蔼蔼（ǎi）：云雾弥漫貌。

③九原：九州大地。

④吾谁与：同“吾与谁”。

⑤雕龙：雕镂龙纹。比喻善于修饰文辞或刻意雕琢文字。

⑥违：背，反，不遵守，不依从。

登阅江楼[1]

楼前双峡[2]插云开，犹记孤帆破浪来。
此日胡樯[3]照江水，昔时军府[4]满莓苔。
清笳[5]落水催寒景，古屋苍山想异才。
闻道豺狼多在邑[6]，登临[7]王粲[8]有余哀。

注释：

①阅江楼：始建于明宣德年间，历代有修缮，名称也屡次更变，初为崧台书院，继称东隅社学，明崇祯十四年（1641 年）始命名阅江楼，清初曾改名镇南楼，不久复称阅江楼。现位于肇庆市端州区正东路东侧石头岗上，南临西江。

②双峡：西江的羚羊峡和三榕峡。

③樯：帆船上挂风帆的桅杆。

④军府：将帅衙门。

⑤清笳(jiā)：凄清的胡笳声。

⑥邑(yì)：城邑，城市。

⑦登临：登山临水，泛指游览山水名胜。

⑧王粲(càn)：字仲宣，山阳郡高平(今山东微山)人。东汉末年著名文学家，“建安七子”之一，由于其文才出众，被称为“七子之冠冕”。著有《登楼赋》《七哀诗》等。

沥湖[①]

门对明湖烟水[②]清，偶来湖上踏青行。
几回夜雨寒生浪，十里春波绿到城。
杨柳一旗花外舫，栗留[③]双翠树边程。
风光应似莫愁好，略少桃根打桨迎。

注释：

①沥湖：肇庆七星岩的星湖原称沥湖。

②烟水：雾霭迷蒙的水面。

③栗留：“黄栗留”的省称，即黄莺。

咏端州风物①

六年卧病此江涯，小邑能安室万家。

俗古溪丁犹采石，地贫园市不藏花。

云连②茨米湖边聚，霜冷嘉鱼峡上槎③。

三宿④已为桑下恋⑤，此生烋⑥作故园嗟。

注释：

①风物：风景。

②云连：一种药材。

③槎(chá)：木筏。

④三宿：犹言三日，三夜。谓时间较久。唐白居易《答微之咏怀见寄》："分袂二年劳梦寐，并床三宿话平生。"

⑤桑下恋：佛教有出家人不三宿桑下，以免妄生依恋之说。

⑥烋(xiāo)：古同"哮"，是"咻"字的被通假字。指猛兽怒吼，也形容人暴怒。

寄怀节庵①

刺桐②开尽楝花③初，三月春阴④暗玉除。

惆怅秣陵⑤人去远，箧中零落吕安⑥书。

偶向崧台访隐沦⑦，寻碑论研忆前尘。

十年不改青山色，坐对闲云⑧忆故人。

注释：

①节庵：指梁鼎芬。曾任端溪书院山长。在端州期间与陶邵学多有交往。

②刺桐：树名。亦称海桐、山芙蓉。落叶乔木，花、叶可供观赏，枝干间有圆锥形棘刺，故名。原产印度、马来西亚等地，我国广东一带亦多栽培。

③楝(liàn)花：楝花为楝科植物川楝或苦楝的花。花期处农历春尽夏来之时，是二十四番风信花的最后一花。多用楝花来代指时节。

④春阴：春日的时光。

⑤秣陵：指南京。明末清初广东诗人屈大均创作一首五言律诗《秣陵》，有感于六朝往事，感慨明清鼎革。

⑥吕安：魏晋时名士，恃才傲物，蔑视礼法，与“竹林七贤”之一的嵇康是至交好友。两人居处天南地北，但“每一相思，千里命驾”。后人遂用“相思命驾”称颂朋友间的思念寻访以及深情厚谊。

⑦隐沦：隐者。

⑧闲云：悠然飘浮的云。比喻心态平和。唐王勃《滕王阁诗》：“闲云潭影日悠悠，物换星移几度秋。”

春日游珠江园林

阁上明霞①起，门前春水②生。
日中云琯③动，花外玉钗④行。
江海频年警，风烟此日清。
高楼能醉客，占岁⑤听春声。

注释：

①明霞：灿烂的云霞。

②春水：春天的湖水。

③云琯(guǎn)：有云状纹饰的管乐器，像笛子。

④玉钗：用玉做的钗。借指美女。

⑤占岁：占卜一年的吉凶。

晨起读书

遥遥夜向晨[①]，依攸灯火微。群动[②]犹未作，独客起寒衣。
开编理群业，斯文不在兹。上陈先圣言，百家罗纷披[③]。
冥情[④]逐新好，往往析旧疑。但合心所惬，安问好者谁。
道丧[⑤]向千载，趣舍各有时。谁能还世论，一为览希夷[⑥]。
闲居尘事远，我情亦已夷。历慝[⑦]务内观，一盈有百亏。
故形积悔吝[⑧]，争命殷忧疑。矜[⑨]心悼前躅[⑩]，盛志负曩[⑪]期。
苟非竭吾才，何由知昨非。焰始聚皆贵，熠息道何依。
物化自古然，吾生独行迷。未测江海量，游泳将安之。
往者不可企，来者难与居。灵光蕴简素[⑫]，此业复何如。
文史亦有才，经训乃为儒。名诣固无定，崇修庶非虚。
人道慎伊久，天怀澄厥初。悬车[⑬]惜奔景，勿复从踟蹰[⑭]。

注释：

①向晨：黎明时刻，即将天亮。

②群动：指众人。

③纷披：杂乱而散落。

④冥情：指潜心、专心做学问。冥，潜心，专心。

⑤道丧：指世风日下，儒道沦丧。陶渊明《饮酒二十首》：“道丧向千载，人人惜其情。”

⑥希夷：指虚寂玄妙。《老子》：“视之不见名曰夷，听之不闻名曰希。”河上

公注："无色曰夷，无声曰希。"

⑦慝(tè)：人自己内心隐藏的邪恶，奸邪。

⑧悔吝：悔恨。

⑨矜：庄重、虔诚。

⑩前躅(zhú)：前人的遗范。

⑪曩(nǎng)：从前，以往。

⑫简素：简约朴素。

⑬悬车：古人一般至七十岁辞官家居，废车不用，故云"悬车"。也借指七十岁。

⑭踟蹰(chí chú)：徘徊；心中犹疑。此处指人老后不要因此而悔恨。

赠鹤

日暮寒林冻折枝，独怜双鹤尚襹褷①。

海天②不是无归处，应为梅花驻少时③。

注释：

①襹褷(lí shī)：羽毛初生的样子。

②海天：比喻广阔的天空。

③少时：不多时。

后　记

北岭月千仞，西江水万里。在端溪书院开山 450 周年之际，《端溪书院历代山长诗选》终于要和大家见面了。这是对端溪书院开山 450 周年的回应与献礼，是对历任山长教育情怀、教育思想的回溯与思考，是中华优秀传统文化之于新时代教育的滋养与启悟。

在此，笔者谨代表本书编撰小组向对本书的出版提供帮助的学校领导、专家同事、爱心校友等各方表示诚挚的感谢，尤其要感谢陈少能校友对本书出版提供的赞助。陈淑玲校长高瞻远瞩，亲自擘画，并搜集了大量山长诗作，制定了本书的编写体例和结构，虽公务繁忙，仍抽空编写。邓少锋副校长全程参与，出言献策，为本书的成稿和出版提供了有力的保障。杨华、李文亮、樊祥恩、曹凯、冯红、陈振宏、蒋霞、伊力夏提、邓卉、韦林利、黄雪梅、程佳琳、李俊玲等同事细读文本，精研精注，为每一首诗词注入新的活力。陈潘洁校友情系母校，聚意笔端，携女赋诗"塞外红原八月八，苍穹碧野万里花。望尽天涯人间路，正是青春好年华"。一书之成，必是集众人智慧、各方之力，在此一并谢过。

"诗言志，歌永言。"中华民族是一个诗意盎然的民族，诗歌是生活的一部分，是生命的一部分，是中华民族基因里最有韵致、最具浪漫的所在。端溪书院历代山长立足时代，体察生活，观照生命，他们用诗歌去表情达意，同时重视诗歌的教化功能，这正契合中国古代文人的表达传统，体现了他们对宇宙生命的敬畏与思考，也体现了中国古代士大夫的自觉与担当。

翻开《端溪书院历代山长诗选》，我们可以看到一群既可爱又可敬的山长行走在端溪书院450载的浪漫时光里，他们一改平时的庄严肃穆，或野趣横生，或低吟浅唱，或孜孜以求……他们率性自然，他们姿态万千。“天旷定无暑，地偏足自怡”，那是全祖望的旷达从容；“清晨御竹篌，十里凌莽苍”，那是何梦瑶的清风徐行；“千载有濂溪，与点同胸襟”，那是冯敏昌的道德理想；“皎月独照我，人帏相依依”，那是张岳崧的人月对话；“十年一梅树，枝作虬松鬣”，那是林召棠的文人风骨；“前有千年书，后有万载人”，那是梁鼎芬的教育传承……

掩卷沉思，我们目送历代山长踏月而归。远影点点，江天一色，他们乘着西江月，顺着西江水，缓缓汇入端溪书院450载的岁月长河，徐徐走进广东肇庆中学新时代的无边春色。书院精神，历久弥新，当新时代浩荡的春风越过北岭，掠过星湖，端溪书院的点点星火必将成燎原之势，照亮时空，直至亘古。

回首《端溪书院历代山长诗选》的成书之路，我们良多感慨。虽正心诚意，急盼玉成，但因囿于眼界学识，难免会有错漏之处，恳请读者批评指正。

秋风清，秋月明，乘豪兴，让我们一起沉浸在温暖浪漫的诗境诗味里，悦百年风雅，见肇中华章。

杨华　樊祥恩

癸卯年秋于端州